선물 우체통

Thank you

당신을 알게 되어 참 좋습니다.

함께 오래오래 따스했으면 합니다.

늘 고맙습니다.

에게

드림

하느님의 선물

하느님이 모든 것을 지으시되 때를 따라 아름답게 하셨고
또 사람에게 영원을 사모하는 마음을 주셨느니라.
그러나 하느님이 하시는 일의 시종을
사람으로 셀 수 없게 하셨도다.
사람이 사는 동안에 기뻐하며
선을 행하는 것보다 나은 것이 없는 줄을 내가 알았고,
사람마다 먹고 마시는 것과 수고함으로 낙을 누리는 것이
하느님의 선물인 줄을 또한 알았도다.

• 전도서

환경의 선물

모든 상황이 선물이다. 나를 지지하는 친구, 나를 속이는 이웃,
미소 짓는 이방인, 친절한 사람, 사나운 사람, 내 기대를 충족시켜주는 인물,
그렇지 못하는 인물, 모두가 선물이다.
이 모두가 나의 미지의 영역을 발견하고 나를 변화시킬 기회다.

• 게리 주커브. 영성저술가

마음을 다해 드려요

인생이란… 찬란하고 고마운 선물

프롤로그…… 사랑을 부르는 선물

가끔 인생을 살아가는 힘은 선물의 힘에서 오는 것이 아닐까, 생각한다. 해와 바람, 구름. 어딜 둘러봐도 선물이 아닌 것이 없다. 하물며 사람이 건네오는 선물이란! 선물은 사람 사이를 숭고하게 만드는 힘이 있다. 사랑을 주고받으며 비로소 우리는 사는 의미와 사람이 무언가를 깨달을 수 있다. 선물할 때 중요한 것은, 나도 갖고 싶은 좋은 것을 줘야 한다는 것. 주기 아까운 것을 기꺼이 줘야 제대로 선물하는 것. 이점을 잊지 않고 선물을 준비하고 싶다.

책을 사랑하다보니 좋은 기획도 해보자 싶어 신현림의 첫 기획책으로 내밀게 되었다. 2년 동안 천천히 즐겁게 만든 책이다. 저마다 다른 직업, 다른 모습, 다른 개성을 지닌 이들을 모시고 자신이 간직한 가장 소중한, 또는 차마 밝히지 못했던 선물을 공개하는 자리를 갖고자 한다. 함께하는 40분은 언젠가 은혜를 입었거나, 최근에 알게 되었거나, 오래전부터 알고 지낸 따스한 사이다. 이해인 수녀, 윤후명 소설가, 방송인 김미화, 시인 황학주, 황인숙, 손택수, 우영창, 페이스북 스타 장주원 등—숨겨진 보석 같은 문화예술인과 내 젊은 날 함께 시를 공부했던 정신의학과 전문의인 남동생 신동환과 교육자인 여동생 신현주가 함께해서 더 애정깊은 책이

인생은 기뻐 즐기도록 주어진 선물
인생은 참아 견뎌내는 것이 아니라
기뻐 즐기도록 주어진 선물이다
슬픔은, 소중한 선물인 기쁨으로 돌아가는 한 가지 길이다
• 알라 보자르스. 캠벨

되었다. 그리고 내가 살아서 지인들에게 실질적인 도움과 축복드릴 게 뭘까 생각하다 사진가로서 '사과초상사진'까지 찍게 되었다. 그런데 전혀 기대치 않던 내 작업들이 "사과가 있는 인물 초상전"으로 갤러리 류가헌에 초대되었다. 남을 위한 선물이 결국 내가 받는 선물임에 참으로 송구하고 고맙다. 자연이 인간에게 준 최초의 선물이랄 수 있는 '사과'로 전형적인 인물 사진에서 벗어나, 인물의 마음까지 헤아리고, 보다 풍부한 각도와 시선으로 담고자 했다. 내 사진이 관객들에게 새로운 미적 감흥을 부르면 기쁘겠다.

사랑하거나 사랑받은 선물에 대한 사연을 읽는 동안 독자들은 인생에서 가장 값진 것이 선물과 함께 사랑을 나누고 서로 응원하고, 힘을 얻는 과정임을 느끼면 좋겠다. 또한 자신도 모르게 하느님께서 함께 하심을 깨닫는 일임을… 함께, 사랑을 부르는 선물. 그 사연 속으로 들어가요.

이 책을 엮은 신현림

선물이란 무엇일까?

선물에서는 외로울 때마다 그리워하는 사람냄새가 가득하다. 그 따스한 냄새는 아주 오랜 역사를 가지고 있다. 먼 옛날, 선사시대에서부터 사람들은 사람냄새 가득한 선물을 나누며 살아왔다. 먹을 것과 입을 것과 터전을 나누었다. 어두워지면 서로를 지켜주고 날이 밝으면 해와 바람과 강물에 감사하며 평화를 선물했다. 선물은 이 세상 가장 아름다운 사랑의 표현이다.

선물은 물질을 넘어 기도와 축복, 배려와 용서 등 인생의 가장 소중한 가치를 담아 남에게 전한다.

더 나아가 인류와 함께 한 선물의 역사는 세상 곳곳에 퍼진 유적 유물들과 대자연속에서도 살필 수 있다. 선물은 '현재present'와 동음이의어다. 지금 이 순간을 감사하고 즐기란 뜻이다. 주는 이도, 받는 이도 선물로 인해 서로의 지친 몸과 마음을 어루만진다. 정성 담은 선물은 반드시 사람의 마음을 움직인다. 내가 준 선물이 누군가의 마음을 바꾼다. 누군가가 준 선물로 내 마음이 바뀐다.

사랑의 선물, 그 힘! 선물은 이렇게 속삭이고 있다.

"당신과 친해지고 싶어. 당신이 좋다"

당신 마음속으로

당신과 사랑을
오후세시의 케이크

최초로 공개되는, 이 선물의 속뜻

향수 당신의 진짜 냄새는 나만 알고 있죠 벨트 이 벨트 외의 다른 모든 벨트는 싸구려에요 만년필 당신은 그걸 가슴께에서 꺼내게 될 거에요 스카프 내 사랑은 가끔은 묶여 있고, 가끔은 펄럭이고 싶어요 편지 이것은 말을 건네면서 틈틈이 당신을 생각하는 일입니다 꽃 이봐요 피어 있을 때도 그렇고 시들 때조차 나는 당신의 무엇이고 싶어요 책 책장을 덮을 때, 그때 내 생각을 해 주세요 껌 이건 아주 작은 것입니다 그렇지만 아주 작은 것까지 드리고 싶답니다 담배 마지막 담배는 내가 준 걸로 피우시죠 노트

아날로그 사랑을 꿈꿔요 **반지** 우리가 무엇으로 맺어졌는지는 이 반지가 증명할 거예요 **우산** 나는 비를 맞아도 좋아요 당신이 젖지 않는다면 **머리핀** 거리를 걷다가 문득 당신 생각이 났어요 **거울** 당신의 모습을 여기에 또 하나 담아두고 싶어요 **목걸이** 가끔은 차고 있을 거죠? **초코렛** 난 그게 달콤하다고 생각해요 **라이타** 멋진 느낌을 드리고 싶어요 그게 불타는 느낌이더라도 **볼펜** 잊어버려도 좋아요 그땐 내 생각도 잠시 할 테니까요 **열쇠고리** 열쇠를 모아 두는 사람은 그걸 누군가에게 통째로 건네기도

한다죠? 앨범 추억은 되살아나는 유일한 것이죠 마스코트 멀리 있어도 당신을 느끼고 싶어요 장갑 주머니에 손 넣은 채 넘어지는 거 보고 싶지 않아요 손수건 이 작고 평범한 천에 담고 싶은 것이 있답니다 잠옷 잠옷을 고르는 시간은 깊은 밤처럼 특별하답니다 일기장 오늘 당신 뭐 했어요? 인형 나 외에는 인형만! 모자 멀리서도 당신을 알아볼 수 있잖아요 소설책 여행 티켓과 비슷한 거랍니다 구두 당신이 좋아진 건, 당신의 낡은 구두를 보고 나서였어요 선글라스 당신의 눈동자가 궁금해지거든요 레코드판 판을 가는 당신의 뒷모습이 보기

좋아요 넥타이 넥타이를 고르는 시간에 대해 아세요? 목도리 멋부리라고만 드리는 게 아니에요 손목시계 우리의 사랑도 멈추지 않을 거예요 스웨터 당신의 반을 갖고 싶을 때가 있어요 전화카드 가끔은 공중전화로 날 불러 봐요 쿠션 사실은 그때 부드러운 말을 건네고 싶었어요

연인의 선물

A씨 • 에디터

스틸레토 힐과 미디스커트를 좋아한다. 여자보단 남자가 좋고 양주보다 소주가 좋다. 아빠보단 엄마가 좋고 파리보다 부산이 좋다. 화이트와 블랙을 좋아하고, 초록도 싱그럽다. 영화보다 독서가 좋고 지하철보다 버스가 좋다. 커피보단 냉수가 좋고 비냉보다 물냉이 좋다. 접는 우산보다 장우산이 좋고, 향수보단 향초가 좋다. 모피보다 핏 좋은 터틀넥이 좋고 샤넬 면세점보다 세일기간에 방문한 자라 명동점이 더 좋다. 이 모든 것보단 네가 좋고, 너보단 간혹 돈이 더 좋을 때도 있었다. 무엇보다 나는 내가 젤루 좋다. 나는 그렇고 그런 '에디터 A씨'다.

"남자보다 하이힐이 오래 간다"는 마돈나의 명언처럼
그는 내게 신발을 사주었다.
우리는 서로에게 반했고, 사랑이 시작됐다.

운동화는 청춘이다

A씨 • 에디터

동물은 가죽을 남기고 사람은 이름을 남기고, 남자친구는 신발을 남긴다. 적어도 내 경우엔 그랬다.
그는 신발을 좋아했다. 운동화 마니아였다. 나도 신발을 좋아했다. 스틸레토힐 마니아였다. "섹스보다 마놀로 블라닉(유명 슈즈 브랜드)이 좋다" "남자보다 하이힐이 오래 간다"는 마돈나의 명언처럼 전자는 모르겠으나 후자는 인정하는 바. 아이 셋 낳고도 44사이즈를 유지하는 축구선수 데이비드 베컴의 아내 빅토리아 베컴 역시 "여자는 키가 작으면 하이힐을 신어야 하며 뚱뚱하면 굶어서라도 빼야 한다"고 말했다. 이 역시 격하게 공감하는 바.

운동화가 트렌드라지만 그럼에도 여자는 여전히 힐을 신었을 때 여성성이 극대화되고 섹시해진다. 걸음걸이, 표정, 말투가 달라진다. 또깍또깍 소리를 내며 도도하게 걷길 좋아하는 나는 남자와 데이트 할 때면 어김없이 하이힐을 착장하고 시크한 척 걸어댔다. 그에 비해 그는 반스 운동화를 신고 춤추듯 걸어댔다. 그게 멋이라 생각했고 청춘이라 생각했다. 그는 트렌디한 연하남이었다.

그와의 첫 데이트도 그러했다. 반스 운동화를 신은 남자와 마놀로 블라닉의 스틸레토를 신은 여자. 우리는 꽤 어울렸다. '시크한 내게 반했을 거야.' '자유로운 네가 반했을 거야.' 우리는 서로에게 반했고, 사랑이 시작됐다.
그는 잘 빠진 내 구두를 좋아했지만 그럴수록 고단해지는 내 발을 안타까워했다. 구두에 꼭 맞는 시크한 옷차림을 좋아했지만 데이트 장소가 제한되는 상황을 아쉬워했다. 그런 그가 내게 준 첫 선물이 바로 운동화였다. 아이러니하게도 마지막에 준 선물도 운동화였고, 만나는 동안 가장 많이 준 선물도 운동화였다.

퇴근길 데이트, 나는 오늘도 섹시한 스틸레토힐을 신고 그를 만나러 가는 길이다. 멀리서 손을 흔드는 그에게 달려가고 싶지만, 시크한 하이힐 때문에 경거망동한 행동을 할 수 없다. 힐을 신은 여자는 도도해야 함으로, 무리했다간 발가락이 불쌍해짐으로, 뛰어가다 낭패당할 수 있음으로 나는 시크해야 했다. 그의 손에 쇼핑백이 들려져 있다. 운동화라고 했다.
"다리 아프지? 운동화 신자."
내 작은 발에 운동화를 신겨 주었다. 그렇게 내게 운동화의 역사는 시작되었다.
그날 이후 그는 내게 자신의 운동화 취향을 덧입혔다. 반스 운동화부터 스프리스 하이톱까지 유행 아이템을 정기적으로 내 발에 신겨 주었다.

그리고 운동화 신은 내 모습을 무척 흐뭇하게 바라보았다. 신발 끈이 풀어지면 묶어주었고, 그럴 때마다 내 사랑도 묶어지는 느낌이었다.
"운동화 신은 작은 발이 참 예뻐."
"편하게 운동화 신고 나와, 알겠지?"
"신제품 나왔대, 구경 가자!"
우리는 연남동 일대 구석구석을 걸었고, 그 핫하다는 경리단길도 걷고 걸었다. 주말이면 관악산도 올랐고 여행을 가서도 쉴 새 없이 걸어댔다. 그는 내게 운동화를 선물했지만, 나는 편안함과 휴식을 선물 받았다.

세상에 영원한 건 없다. 내가 운동화를 신든 구두를 신든 그가 무뎌지는 날이 온다. 운동화가 해졌는데 무관심한 날이 온다. 끈이 풀렸는데 그가 다른 곳을 보고 있다.
우리는 헤어졌다. 푹신한 운동화 덕분에 이별하는 발걸음이 가볍다. 허나 이미 발에 꼭 맞춰진 운동화를 쉽게 버릴 순 없다. 사랑은 갔지만 추억은 고스란히 내 옆에 있다. 내게 운동화는 그리움이고 청춘이고 사랑이다.

장주원 • 작가. 페북 스타

초단편소설집〈ㅋㅋㅋ〉로 세속적 부와 명예를 한손에 거머쥐어 보려다 완전히 망한 후, 차선책으로 정신적 해탈을 이루기 위해 인도와 티벳 등지를 카메라 한대 달랑 들고 3년 정도 떠돌아다니려 했으나 비행기 표 값이 없어 그것도 못가고, 에헤라 이눔의 드러븐 세상이 싫어서 두문불출하고 집에만 있으려니 이번엔 냉장고가 고장나 먹고 살려면 또 매일 꾸역꾸역 기어나가야만 하는 참혹한 현실에 절망한 남자. 개저씨 자아와 여고생 자아가 하루에도 몇 번씩 충돌하여 끝없이 고통 받는 영혼. 침대에 가만히 누워있는 것을 좋아함

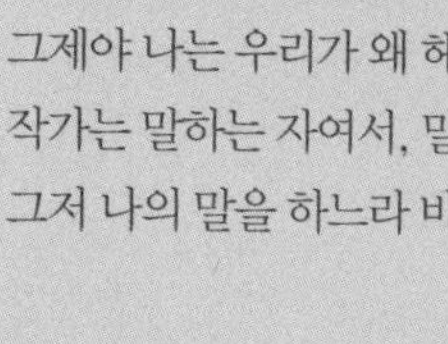

그제야 나는 우리가 왜 헤어졌는지 깨달았다. 우린 둘 다 작가였던 것이다.
작가는 말하는 자여서, 말할 수밖에 없는 자여서,
그저 나의 말을 하느라 바빠 상대의 이야기에 귀기울여주지 못했던 것이다.

그것은 맥북이었썰

장주원 • 작가. 페북스타

주지도 말고 받지도 말자고 생각해왔다. 선물 말이다. 받은 만큼 돌려주지 않으면 불편해지고, 해준만큼 돌려받지 못하면 불쾌해지는 것이 바로 선물이란 놈 아니던가. 게다가 나의 실제적 필요를 전혀 고려하지 않은, 오직 주는 사람의 미적 취향 과시 및 생색을 위해서 선택된 걸로 보이는 선물들 앞에선 차라리 돈으로 달라고, 자본주의에 영혼까지 쩔은 수전노처럼 외치고 싶은 충동마저 들곤 했다. 물론 늘 그랬던 것은 아니고, 예외도 있었다. 예를 들면 내 스물아홉 번째 생일선물 같은 경우 말이다.

당시 만나던 여인은 주머니 사정이 몹시 좋지 않은 여인이었다. 첫 데이트에 내가 밥을 샀더니 자기가 차를 산다길래 카페로 향했는데, 계산할 때쯤 갑자기 당황하더니 "통장에 168원 밖에 없다"며 굳이 핸드폰으로 숫자 168이 적힌 계좌를 까서 내게 보여줬다. 대단히 불행한 통장이라고 생각했다. 결국 차도 내가 샀고, 그 다음 밥도, 그 다음 차도,

그 다음 밥도... 계속 내가 샀다. 그녀의 통장 잔고가 꽤 오랫동안 168원을 유지했기 때문이었다.
그녀는 작가 지망생이라고 했지만, 한 번도 자신이 쓴 글을 보여준 적은 없었다. 그녀는 전직을 고려 중인 해녀나 인도에서 온 여행자처럼 보이기도 했고, 재능에 비해 열정이 부족한 연극배우처럼 느껴지기도 했다. 그녀는 일상에서 연기를 했다. 슬픈 연기, 유쾌한 연기, 외로운 연기, 아픈 연기, 불행한 연기, 그리워하는 연기... 사랑은 한편의 연극이었다. 우린 관객도 없이 달랑 주인공 두 사람뿐인 영세한 연극을 꽤 오래 지속했다.

끝은 물론 이별이었다. 마치 정해진 대사를 읊는 배우들처럼 우린 진부하게 헤어졌고, 그녀는 내 침대 옆 서랍 두 번째 칸을 열어보라는 마지막 말을 남겼다. 서랍 속에서 날 기다린 것은, 그것은, 아아, 맥북, 이었다. 그 순간 폭풍 같은 눈물이 터졌다. 통장잔고 168원이 무려 168만 원도 넘는 13인치 맥북 프로가 되기까지의 시간 동안의 그 수많았던 일화들이 패스트 포워딩된 영화 한편처럼 뇌리를 스쳐갔다.
은색의 알루미늄 판을 조개껍질처럼 쪼개니, 위에는 세상을 보여주는 모니터가 아래는 세상에 말을 거는 키보드가 나타났다. 상자 옆에는 편지도 있었다. 부디 너의 재능을 썩히지 말고 열심히 글 써서 작가가 되길 바래. 그제야 나는 우리가 왜 헤어졌는지 깨달았다. 우린 둘 다 작가였던 것이다. 작가는 말하는 자여서, 말할 수밖에 없는 자여서, 그저 나의 말을 하느라 바빠 상대의 이야기에 귀기울여주지 못했던 것이다.

그로부터도 몇 년의 세월이 흘렀다. 이제 내 삶에 그녀는 없지만 그녀가 준 맥북은 남았다. 이 맥북으로 나는 뒤늦게 학교를 졸업했고, 음악을 감상했고, 주식을 했고, 야동을 다운받았고, 돈 떼먹은 친구를 고소하는 소장을 작성했고, 다른 여인들과 사랑의 메시지를 주고받았고, 그리고 그녀가 바랐던 대로, 첫 소설집을 출간해 작가가 되었다.
다른 컴퓨터로도 가능한 일이었다고 생각하지 않는다. 그 모든 일은 반드시 이 맥북이었기 때문에 가능했다고, 그녀가 선물해준 이 맥북이 없었으면 나는 졸업을 하지도 주식을 하거나 야동을 감상하지도 못했을 것이고 친구를 고소하거나 소설집을 내지도 못했을 거라고 나는 생각한다. 내가 그때 그녀를 만나지 않았으면 어딘가에서 또 다른 누군가를 만나 사랑을 했을 리가 절대로 전혀 없는 것과 마찬가지로 말이다.
정말로 그렇게 생각한다.

윤석정 • 시인

시에게, 나에게, 사랑에게, 연극에게 간절히 달려갔다. 간절한 게 있다면 그것이 허상일지라도 이룰 수 있다고 믿었다. 20대에 등단했던 시가 그랬고, 온몸으로 긴장했던 무대가 그랬고, 애절했던 사랑도 그랬다. 대부분 가슴이 뛰는 날들이었다. 30대는 평범한 직장인으로 살려고 힘껏 달려갔다. 세상에 지는 게 싫어 꾸역꾸역 걸어가는 중이다.

우리는 서로 다른 시공간에서 살았으나
전기장판에 전원을 꽂듯 종종 안부를 물었고 가끔 반갑게 만났다.
대학시절부터 계속 내가 먼저 제이에게 전류를 흘려 보냈다면
십년이 흐른 어느 날부터는 제이가 내게로 흘러왔다.

제이가 내게로 흘러왔다

윤석정 • 시인

그해 봄, 나는 인도로 배낭여행을 떠났다가 돌아오면서 모악산으로 들어갔다. 산속에서 책을 읽고 시를 쓰겠다는 마음이었다. 돌이켜보니 내 마음조차 다스리기 버거웠던 시절이었다. 그때 나는 제이와 조금이나마 가까운 곳에서 머물고 싶었는지도 모른다. 그리하여 모악산 치마폭에 얌전히 담겨있는 듯한 신원마을에서 한해를 보냈다.
당시 막 시인이 된 내가 산속에서 지내는 게 못마땅했을 어머니는 눈물을 훔치며,"시인은 가난하게 산다매?" 물었던 적이 있다. 마음이 먹먹해진 나는 어머니에게 "영혼이 가난하다는 뜻이어요."라고 위로하듯 대답했다. 그렇게 정처 없이 떠돌았던 나는 보일러조차 실컷 땔 수 없는 형편이었으니 당장은 어머니의 그 물음이 맞았다.

그렇게 겨울을 나고 있는데 눈이 쌓인 꼬불꼬불한 산길을 따라 기어왔을 흰 승용차가 대문 앞에 도착했다. 제이였다. 며칠 전 제이에게, 몹시 추운 날들을 보낸다고 하자 기어이 우리 집을 방문한 것이다. 제이는 나무대문 앞에서, 툇마루에 앉아있던 내게 손을 흔들더니 차 안에 선물이 있으니 가져가란다. 차 뒷문을 열자 '전기장판'이 있었다. 제이는 자신보다는 내가 더 필요할 것 같다며 쓰던 전기장판을 가져왔다. 나는 가슴이 찡했다. 제이에게 처음으로 받은 선물이었기 때문이다.

그날 밤, 제이는 다시 꼬불꼬불한 산길을 따라 신원마을을 빠져나갔다. 제이가 가고난 뒤 나는 1인용 전기장판 위에 두꺼운 이불을 깔고 누웠다. 전기장판의 전원을 켰다. 서서히 등이 따뜻해지더니 온몸으로 온기가 퍼져나갔다. 모든 게 꿈인 것만 같아 눈을 감았다 떴다. 1996년 가을의 어느 날 기억이 스멀스멀 내 마음으로 기어왔다. 대학 새내기였던 우리가 만났던 날이다. 나는 제이를 보자마자 첫눈에 반했다. 얼굴이 뽀얗고 예쁜 제이에게서 둥글고 찬란한 광채를 보았다. 순간 나는 사랑에 빠져버렸구나, 직감했다.

그날부터 나는 제이를 만나기 위해 매일 제이 주변을 맴돌았다. 나는 국문학을, 제이는 식품영양학을 전공했고 나는 문학회에서, 제이는 영어연구회에서 중앙동아리 활동을 했다. 우리는 아무런 공통분모가 없었지만 동아리방들이 층층이 모여 있는 학생회관에서 자주 만났다. 내가 삐삐를 치면 제이는 늘 약속한 장소로 나왔다. 겨울방학이 시작되면서 제이가 동아리 학습이 있을 때만 학교에 왔기 때문에 나는 일주일에 한 번 제이를 볼 수 있었다. 하루는 제이를 대여섯 시간동안 기다렸던 적이 있다. 그날따라 동아리 학습이 예상보다 길어졌고 제이는 나에게 늦는다고 삐삐를 칠 수 없는 상황이었다.(아마도 그랬을 것이라고 믿고 싶었다.) 나는 대여섯 시간동안 '제이를 기다리는 이유'에 대해 수없이 헤아려봤고 나 혼자만 애태우는 사랑이 아니길 간절히 기도했다. 그날 제이가 미안한 표정을 지었지만 나는 괜찮은 척 웃어넘겼다. 제이를 향한 맹목적인 내 마음이 이뤄질 수 없는 사랑을 만든 게 아닐까. 만약 내가 안 괜찮다는 표현도 하고 화도 냈으면 더 친밀해졌을까. 전기장판에 누워 이런저런 후회를 해도 우리는 어찌할 수 없는 친구였다. 자기장처럼 알 수 없는 기운이 내 마음의 응어리들을 콕콕 쑤셔댔다.

제이는 말수가 적었고 속마음을 잘 드러내지 않았다. 물론 나는 세 번 제이에게 고백을 했다. 처음 고백했을 때는 제이의 얼굴이 붉어졌고 두 번째는 찻잔을 든 손이 부들부들 떨렸다. 두 번이나 제이는 아무 말도 하지 않았다. 마지막으로 고백했을 때 제이는 "그냥 친구로 지내면 안 될까?" 라고 대답했다. 제이의 얼굴에서 연애에 대한 두려움을 똑똑히 읽을 수 있었다. 제이는 남자보다 친구를 원한다고 말했지만 나는 그 이유를 알 수 없었다.
열 번 찍어 안 넘어가는 나무가 없다고 했던가. 나는 고작 세 번만 찍고 포기했다. 제이의 얼굴에서 두려움을 읽었던 그 순간 십년이 지나면 우리가 연인으로 발전될 수 있겠구나, 막연히 직감했다. 그 직감이 정말 맞을 수도 있겠다고, 뜨거워진 전기장판의 온도를 낮추며 나는 생각했다. 지난 십 년간 나는 군대를 다녀왔고 대학을 나왔고 몇 번의 이별을 겪었다. 제이도 대학을 나와 직장생활을 하면서 '의지하는 사람'이 생겼지만 금방 혼자가 되었다. 그렇게 우리는 서로 다른 시공간에서 살았으나 전기장판에 전원을 꽂듯 종종 안부를 물었고 가끔 반갑게 만났다. 대학시절부터 계속 내가 먼저 제이에게 전류를 흘러 보냈다면 십년이 흐른 어느 날부터는 제이가 내게로 흘러왔다.

다시 봄이 왔다. 나는 신원마을을 떠나면서 전기장판을 남겨뒀다. 그날로부터 십년이 더 흐른 지금, 우리는 각자 좋은 인연을 만나 결혼을 했다. 이제 우리는 전기장판의 전원을 넣을 수 없듯 서로의 안부를 묻지 않는다. 그러나 아주 가끔씩 내 마음의 전기장판이 따뜻해질 때면 아득한 그날의 기억들이 스멀스멀 기어 나오곤 한다.

조한울 • 큐레이터. 파리 8대학원 미학전공 중

다양한 사람들, 문화에 관심이 많아 새로운 곳을 항상 갈망했다. 그러던 중 미지의 땅 러시아를 알게 되었고, 그곳에서 스페인, 프랑스, 이탈리아어를 배웠다. 외국어에 대한 흥미가 예술언어로 옮겨가 현재 파리8대학에서 미학과 현대미술사를 공부하며, 아티스트와 소통하는 방법을 연구 중이다.

지갑 안쪽에는 내가 첫 날 그에게 건넸던 쪽지가 자리를 차지하고 있었다. 사랑을 고백하거나 애정표현이 담긴 것도 아닌, "몇 시에 끝나요?"라는 간단한 말이었다.

몇 시에 끝나요?

조한울 • 큐레이터. 파리 8대학원 미학전공 중

이미 몇 년 전인지도 떠오르기 힘들 만큼 오래전 일이다. 독일의 제법 큰 도시에 잠시 머무르고 있었을 때의 일이다. 혼자 산책한다는 핑계로 매일 동네의 까페에서 사람들의 시선을 즐기며 커피를 마셨다. 지나다니는 사람들을 구경하고 적당한 볼륨의 음악을 들으며 책을 뒤적거리는 일은 사소한 것 같아도 큰 즐거움이다. 외국에 있다는 사실이, 나를 아는 사람이 아무도 없다는 것이, 평소에 안 하던 행동을 하게도 만든다.

동네의 평범한 작은 까페에서 일하는 남자가 눈에 들어오기 시작하면서, 눈에 안 띄는 구석 자리에 앉아 있던 내가 점점 스탠드 쪽으로 자리를 옮겨갔다. 까페 안에서 이야기하고 웃고 떠들던 다양한 사람들을 구경하던 시선이 한 사람에게 머물렀다. 활동적인 모습보다는 이국적인 얼굴에 끌렸던 것 같다. 터키인 어머니와 독일인 아버지 사이에서 태어난 그는 대학을 1년 다니다 그만두고 그곳에서 일하고 있었다. 숱이 많은 검은 머리와 동공이 큰 짙은 눈, 흐리멍텅하지 않은 맑고 반짝거리는 눈빛, 살짝 휘어진 코가 시선을 끌어당겼다. 사실, 그의 얼굴을 관찰하는 일은 쉽지 않다. 사람이 많은 시간대가 아닌 오전 10시, 11시, 그리고 오후 3-4시쯤엔 그도 느긋하게 한 자리에 머물러 있는 때가 많았고, 나도 여기저기 고개를 돌리거나 하지 않아도 되었다. 그가 일하는 걸 지켜보다, 말을 걸고 싶었고 나를 쳐다보게 하고 싶어졌다. 까페에 들어올 때마다 그와 친분이 있는 사람들처럼 나도 반갑게 인사하고 하루 일을, 아니 더 나아가 내가 어떤 사람이고 왜 여기 있는지도 이야기하고 싶었다. 그리고 어느 날 저녁, 주문한 커피를 기다리다, 오늘이 아니면 그와 가까워질 기회를 잃을 것 같아, 급하게 가지고 있던 노트 종이를 찢어 영어로 아주 간단한 말을 적었다. "몇 시에 끝나요?" 그러고는 그가 내 옆자리에 있던 사람에게 맥주를 건네는 틈을 이용해, 재빨리 그에게 종이를 내밀었다. 그를 쳐다보면서… 반응이 궁금했다. 짧은 순간이지만 꽤나 초조하게 그의 반응을 기다렸다.

종이를 빠르게 읽은 그는 잠깐 나를 보더니 그대로 주방 쪽으로 사라졌다. 이럴 수가… 태어나서 이렇게 미친 용기를 내본 것도 처음이건만, 이대로 무시당하는 건가 싶어 화가 나기도 하고 창피하기도 하고 내가 무슨 짓을 했는지 어이도 없었다. 그대로 자리를 뜨려고 했으나, 주변 사람이 의식되어 일부러 아무렇지도 않은 척 하기 위해 그 자리에 멍하니 앉아있었다. 그리고 에스프레소 한 잔이 내 앞에 놓여졌다. 남자가, 일을 마치려면 두 시간이 남았으니 기다려달라는 것이었다. 그 기다림의 시간 동안, 어쨌든 보란 듯이 냉정하게 거절당한 것은 아니니, '만약 여기까지더라도 좋은 추억으로 간직하자'라고 평정심을 되찾기 위해 얼마나 애썼던가…

문을 닫을 시간이 되고 사람들이 나가자, 그가 먼저 자연스럽게 말을 꺼냈다. 전형적인 대화... 이 동네에서 혼자 까페를 배회하는 동양인 여자는 십중팔구 일본인이라며 나도 일본사람이냐고 묻는 것부터, 매일 비가 오고 날씨가 우중충하다는 것... 나보다 말을 많이 하는 것이 나에 대한 배려인지 아니면, 이런 식의 관심이 즐거워서인지 어쨌든 어색하지 않게 가벼운 대화가 이어졌고, 자연스레 그를 따라 나섰다. 그는 뭐가 먹고 싶냐며 동네의 모든 식당, 바에 대해 줄줄이 읊기 시작했다. 밥을 먹으며 가볍게 술을 마시고, 나는 무슨 발표를 준비한 사람처럼 비장하게 마음을 털어놓으며, 그와 내가 잘 통할 것 같다는 이상한 요지의 설득을 시도했다. 항상 그렇지만, 인간관계란 예상치 못한 방향으로 나아간다. 내가 기대했던 상대의 반응이나 대답은 언제든 빗나간다. 내 용기에 하다못해 감명을 받든, 아니면 다른 사람이 있어 거절하든 뭔가 시원한 대답을 해주길 바랐는데, 아무 말이 없었다. 뭔가 이상했다. 나는 그가 나에 대해 어떤 생각을 하는지 듣고 싶어 안달이 나기만 했고, 결국 나는 또 한번 용기를 내야 했다. 다시 만난 그는 적극적인(?) 나에 대한 경계심을 고백했고 사과의 말을 했다. 그리고 내가 원하던 대로, 우리는 그날부터 서로에 대한 경계심을 풀고 아주 갑자기 가까운 사이가 되었다.

아무도 예측할 수 없는 인간관계를 증명하듯 우리의 끝도 내 생각과 달리 전개되었다. 갑작스레 시작된 만남을 짧게 이어가던 우리는 서로의 어쩔 수 없는 사정으로 인해 한계에 부딪혔다. 우리는 서로 다른 곳에 터전을 잡고 있었고, 주변에 대한 생각을 모두 저버린 채 둘만 바라보기에는, 사랑에 빠질 시간과 용기, 무모함이 부족했다. 결국 내가 먼저 아무 말 없이 다른 곳으로 도피해버렸고, 내가 그 시간을 벌어주자, 그도 다른 사람에게 눈을 돌려버렸다. 우리는 비겁하게 각자의 정당성으로 무장했고, 서로를 피의자라고 각인시킨 채, 상처를 만들어내고 헤어졌다. 만남의 설렘과 마침내 통했다는 기쁨과 행복에 비해, 헤어짐은 너무나 초라하고 서글펐다. 그렇게 기억을 내 마음대로 편집한 채로 시간이 꽤 흘렀다. 나는 일이 잘 안 풀릴 때마다 그에 대한 이야기도 되새김질 하듯 떠올렸다. 남들과 다른 시작을 했고 다른 사랑을 했다고 여기던 내가, 끝은 다른 사람들의 이별과 그 후유증만큼이나 쓰렸고, 바람 빠진 자전거처럼 한 발자국도 움직일 수 없이 오랫동안 정체되었다.

그럼에도 시간이 흐름에 따라, 내가 잊어버리려 애쓰던 좋은 기억들이 불현듯 떠오르기 시작했다. 씁쓸하고 아팠던 헤어짐의 순간 앞에는 그보다 훨씬 오랫동안 지속되었던 행복한 기억들이 더 많았고, 나는 실연의 피해자라 스스로를 옭아매던 안개를 걷어내기 시작했다.
어느 날인가, 햇빛이 짧고 비가 매일 오던 일상적인 독일 북부의 날씨와 갈팡질팡하던 미래에 대한 걱정으로 우울한 얼굴을 하고 있던 나에게, 다른 친구들과 함께 있는 자리에서 그가 자기 지갑을 꺼내 보여준 적이 있었다. 지갑 안쪽에는 내가 첫 날 그에게 건넸던 쪽지가 자리를 차지하고 있었다. 사랑을 고백하거나 애정표현이 담긴 것도 아닌, "몇 시에 끝나요?"라는 간단한 말… 내 마음을 대변하는 듯 위아래로 조금 비뚤비뚤 커졌다가 작아졌다가 소심한 글씨체로 써진 그 쪽지가 담긴 지갑을 보여준 채 장난스럽게 나를 쳐다보던 그의 얼굴이 오늘 다시 생각난다. 시작도 끝도 예상치 못하게 전개된다고 했나… 기억도 마찬가지다. 의도하지 않은 순간에, 아무 관계없는 사물이나 사람을 마주했을 때도 예상치 못했던 기억과 다시 조우하게 된다.

임승훈 • 소설가

아스날과 철봉을 좋아합니다. 아스날을 좋아하는 사람은 철봉을 좋아하는 법이죠. 고구마와 옥수수를 좋아합니다. 우유를 좋아합니다. 명조체를 좋아합니다. 샤프는 0.3mm를 씁니다. 오래전에는 고양이와 개를 좋아했지만, 고양이와 살게 된 이후로는 고양이가 많이 좋습니다. 소설로 등단했지만 시를 더 좋아합니다. 하지만 소설가라서 다행입니다.

"고통은 신이 주신 선물이다!"
나는 마음껏 추해져도 좋다고 생각했다.
내가 할 수 있는 것이 있다면 무엇이든 했다.
그녀는 그녀의 새애인이 참을 수 없을 때면 내게 왔다.

쉽게 우울해지는 소년의 일기

임승훈 • 소설가

지난 일기를 들춰보게 됐다. 어느 날, 첫 문장에 나는 이렇게 썼다. '고통은 신이 주신 선물이다' 최근 나는 몇 가지 마음이 아픈 일이 있었고, 이 문장을 되뇌었다. 그 일기는 오 년 전에 작성된 것이었다. 일기는 아주 길었다. 슬픈 날일수록 내 일기는 길어졌다. 그 무렵 나는 매일 유서를 쓰고 있다고 생각했다. 어쩌면 나는 이미 죽어 있다고 생각했다. 그날은 추운 날이었다. 일기를 쓰기 전, 나는 어느 붉은 벽에 등을 기대고 서있었다. 그 벽은 아주 차가웠고, 눈이 내리고 있었다. 그 벽을 따라 내 머리 위에 커다란 창문이 있었다. 창문 너머에 내 지난 사랑이 있었다. 그녀는 작고 마르고, 피부가 검은, 신경질적으로 크게 웃는 여자였다. 우리는 변경에 남겨진 두 마리의 낙타였다. 우리는 서로를 적대적으로 사랑했고, 고통으로 보상받았다. 보상은 때때로 견딜 수 없이 외로웠지만, 그래서 달콤했다. 그런 우리가 헤어졌다. 헤어지는 순간, 나는 그녀를 모욕했고 그녀도 나를 모욕했다. 그것이 우리가 할 수 있는 유일한 호소였다. 우리는 언제나 헤어지는 것을 꿈꿔왔다. 하지만 서로를 저주할수록 우리는 다정한 기분이 되었다. 그날은 달랐다. 거듭된 모욕과 비열한 중상 속에서 우리는 냉정해지기 시작했다. 비로소 권태가 찾아왔다는 것을 우리는 깨달았다. 그렇게 헤어졌다. 창문을 타고 그녀와 그녀의 새 애인의 웃음소리가 들려왔다. 나는 그렇게 한참을 있었다. 등의 감각이 사라질 때까지. 나는 겨울을 견디고 있었다.

고통은 신이 주신 선물일까? 그 문장은 이십사오 년 전 과학잡지에서 본 구절이었다. 그 문장은 정확하게 말하자면 이랬다. '통증은 신이 주신 선물이다' 이 문장은 의학 섹션의 기사였다. 나는 기사의 내용보다 통증과 선물이라는 단어가 충돌하는 그 지점의 까슬거리는 어감이 좋았다. 그것이 바로 지성이라고 믿던 시절이었다. 나는 우울한 소년이었고, 우울한 소년은 언제나 단정적인 법이니까. 그리고 시간이 흘렀다. 나는 지난 애인의 창문 아래에 등을 기대고 죽어가는 남자였다. 그리고 집에 와서 되뇌었다. "고통은 신이 주신 선물이다!"
하지만 나는 필사적이었다. 나는 마음껏 추해져도 좋다고 생각했다. 내가 할 수 있는 것이 있다면 무엇이든 했다. 그녀 역시 마찬가지였다. 그녀는 그녀의 새 애인이 참을 수 없을 때면 내게 왔다. 참을 수 없는 이유는 이랬다. 무식, 무신경, 자의식 과잉, 과민, 복종과 불복종. 그러므로 그녀의 새 애인은 참을 수 없는 사람인 게 아니라, 그녀가 무엇이든 참지 못하는 사람이었다. 그런 그녀와 3년을 만난 나 역시 무엇이든 쉽게 참지 못하는 사람이 되어 있었다. 우리는 재회하자마자 서로를 참아낼 수 없다고 생각했다. 그러면 그녀는 곧 돌아오겠다고 말하고 떠났고, 난 죽어가고 있다고 애원했다. 하지만 그건 모두 거짓말이었다. 그녀가 며칠 뒤에 돌아오면 나는 그녀가 지겨웠다. 그런 날이 일 년간 반복됐다. 우리는 할 수 있는 한 힘껏 서로를 지저분하게 만들었다. 그녀와 나는 실제로 몇 번이나 유서를 썼고, 그 유서를 폐기했다. 우리의 손목과 목에는 선명한 흉터가 새겨졌다. 하지만 그 일 년은 지난 몇 년과는 다른 시간이었다. 그것은 다시 태어나기 위한 몸부림이었다. 그리고 어느 날 잠에서 깨어났을 때 그녀가 완전히 사라졌다는 것을 받아들였다. 나 혼자 남았다는 것을 분명하게 받아들였다.

나는 결국 살아남았다. 어떻게든 몸부림쳐서, 나는 아주 추했지만 살아남았다. 물론 나는 우습고 가련한 신경쇠약 직전의 남자일 수도 있다. 누구보다 한심한 남자일 수도 있다. 하지만 어쨌든 나는 살아남았다. 그것은 몸이 살아있음을 의미하는 게 아니었다. 그것은 생존에 대한 희열과 자부심이었다. 살아남은 나는 비로소 내가 더 약해졌다는 것을 인정했다. 그건 더 강해졌다는 의미였다. 그러므로 그 앞에 이런 한 문장을 덧붙여야 할 것이다.
'살아남은 자에게.'

만약 살아남지 못한다면 고통은 죽음으로 기록될 것이다. 고통은 저주가 될 것이다. 과학잡지에는 이렇게 쓰여 있었다. 우리 몸이 통증을 느끼는 이유는 통증을 느끼게 만드는 원인을 자각하기 위함이다. 내 몸에 대한 위협을 깨달으라는 신호이다. 그것은 몸이 보내는 음성이다. 그러니까 몸은 내게 외치는 것이다.
눈을 떠라, 나를 살려내라, 이겨내라, 라고.

김중일 • 시인

주로 떠난 사람만을 열렬히 좋아하는 습관이 있다. 얼굴마저 희미해진 사람도 목소리와 발소리로 오래도록 기억한다. 공중이란 말과 공기란 말을 특히 좋아한다. 한일월드컵이 열리던 해 신춘문예에 당선되어 지금껏 시를 쓰고 있다. 12년 차 사무원으로 기안문과 시를 컴퓨터 화면에 동시에 띄워놓고 번갈아 쓰는 것이 가능해졌다. 기안문을 안 써도 되는 날이 온다면 사람들에게 깊은 위로가 되는 소설을 쓰고 싶다.

상실은 더 큰 상실에 의해,
슬픔은 더 큰 슬픔에 의해 덮이고
멀리 쓸려가 깊숙한 안쪽으로 가라앉기도 한다.

수면양말을 신다

김중일 • 시인

그 계절이 가기 전에 우리는 양단간의 결정을 내리려 했다. 이별을 위해 나간 자리에 화해를 하는 것도 여러 번. 동숭동 방송통신대 뒷골목 한 커피숍에서 만났을 때 그녀는 내게 수면양말 한 켤레를 건넸다. 만나기 직전까지 울고 있었는지 눈언저리가 빨갰다. 한 여름이었다.
지금 이별을 한다 해도 어차피 겨울은 올 것이고, 추억거리가 될 선물이었다. 유독 무더웠던 그 여름의 한가운데에서 우리는 다시 화해를 했고, 손잡고 낙엽 위로 사뿐사뿐 가을을 건너, 겨울의 문 앞에서 이별을 했다. 아주 천천히 가능한 한 가장 먼 길로 에둘러서 불 꺼진 집 앞에 막 도착한 듯 우리는 조금 지쳐 있었다. 그렇게 그녀를 안전하게 바래다주는 데 사년 가까이 걸렸다.

그해 겨울 나는 난생 처음 수면양말이란 것을 신고 물 밑으로 한없이 빨려 들어가듯 깊이 잠들었다. 수면양말을 신고 있으면 고요한 물속에 두 발을 넣고 있는 느낌이 들었다. 두 발을 흔들면 첨벙첨벙 요란하게 물소리라도 날 듯해 침대로 가는 걸음마저 조심스러웠다. 발목을 감싸는 따뜻한 물줄기에 나는 밤으로, 더 깊은 밤으로, 내일로 휩쓸려갔다. 마치 잠든 물고기처럼. 꿈도 없는 잠이었다. 덕분에 상실의 격랑에서 잠시나마 비껴나서 숨 고를 수 있었다. 수면양말이 내게 불러올 이런 효과까지 그녀가 짐작하여 선물한 것이라면 더욱 사려가 깊다고 해야 할 것이다. 오랜 불면이 나아지는 듯했으나 수면양말을 신을 수 없는 계절이면 불면은 어김없이 다시 찾아왔다.

한동안 동숭동을 걸을 때마다 한 번도 빠짐없이 우연한 재회를 상상했지만, 정작 못 참고 몇 차례 연락을 하거나 왔을 때는 공교로운 상황에 의해 연결되지 못했다. 봄이 왔고 나는 육친을 잃었다. 그로인해 나는 드디어 그녀를 잊었다.

상실은 더 큰 상실에 의해, 슬픔은 더 큰 슬픔에 의해 덮이고 멀리 쓸려가 깊숙한 안쪽으로 가라앉기도 한다. 그것은 차라리 다행인가. 이 얼마나 다행인가. 이래서 사람이 계속 삶을 이어갈 수 있는 건가. 왕소똥구리처럼 배설된 슬픔들을 하나로 모아 점점 크게 굴려가면서.

단 둘이 앉아 맨 정신에 이런저런 얘기를 주절주절 늘어놓으니, 듣고 있던 친구가 나를 빤히 바라봤다. 우리는 은사의 병문안을 위해 동숭동 소재 대학병원 근처 커피숍에서 다른 동기들을 기다리고 있었다. 최근의 내 사정을 속속들이 알고 있는 절친한 친구는 '올 것이 왔군' 하는 표정으로 자못 심각해졌다. 내가 이야기를 마치자, 친구는 몇 차례 입술만 달싹거리다가 말없이 창밖으로 시선을 던졌다. 친구는 재작년에 교통사고로 아내를 잃었다. 유리잔처럼 투명했던 테이블 옆 창문에 저녁이 커피빛깔로 가득 차오르고 있었다. 가을도 저물어가고 있었다.
커피가 빨리 식는 계절이 왔다.
살아서도 만날 수 없는 사람과 살아서는 만날 수 없는 사람들이 두루 늘어간다. 누구나 그럴 것이다. 아무튼 이제 나는 겨울마다 불면으로부터 한 계절 휴가를 떠날 수 있게 되었다. 수면양말을 신고 첨벙첨벙 멀고 까마득한 꿈속으로. 봄에 돌아오면 다시 한해 힘껏 살 수 있을 것이다.

전현주 • 글 잡역부

이십대 온종일 '책'을 좇았습니다. 책에 관한 실험과 공간에 대해 질문하고 취재하는 버릇이 있습니다. 국문학과 경영학을 공부했고, 한 곳의 신문사와 몇 곳의 기업웹진에서 백여 명의 한국작가 및 한국인들을 인터뷰 했습니다. 출판번역과 편집, 홍보와 보도자료, 인터뷰 글 등을 다루며 돈을 법니다. 명예퇴직 연설문, 과일행상 팻말, 집나간 고양이를 찾기 위한 글 등은 돈을 받지 않았습니다.

서른살이 되었을 때 나는,
잃어버린 많은 것들을 생각하며 서글퍼하고 있었다.

녹차나무를 먹는 서른

전현주 • 글 잡역부

「키워서 가끔 뜯어 먹어.」 문자가 몇 번 오고 간 뒤, 집에 배달된 건 녹차묘목이었다.
하얀 도자에 가지 몇 개가 돋아 있었다. '녹차나무' 라는 예고가 없었다면 잡목으로 오인했을 터다. 믿기 어려웠지만, 이제 막 헤어진 연인이 보낸 '이별의 선물'이었다. 한참 노려보는데 녹차묘목도 어느 순간부터 나를 빤히 쳐다보고 있다는 생각이 들었다. 서로를 탐색하며 남은 오후를 보냈다. 스무 살의 겨울이 뉘엿뉘엿 지나가고 있었다.
겨울 삿포로, 등불축제 자원봉사 팀에서 만났던 그는 예의가 바르고 운동을 잘했다. 녹차를 좋아하는 애인을 두어 녹차를 아주 많이 마셔야 했다. 녹차가 나를 마시는지 내가 녹차를 마시는지 모르겠다고 푸념하기도 했다. 봄이 오면 보성 녹차밭으로 달려가 햇살에 흠뻑 젖어보기로 했건만, 문제는 세상이 궁금했던 애인이었다. 그 애인이었던 내가 '애인보다 모험가가 되고 싶다'고 고백하고 여행을 떠났기 때문이다.

그래서 그 애인은 모험가가 되었던가.
서른 줄이 되었으나 방바닥에 누운 채로 불면증을 이불 삼던 나는, 잃어버린 많은 것들을 생각하며 서글퍼하고 있었다. 이제껏 별 하나 보고 달려왔는데, 불현듯 별이 사라져 버렸다. 사라진 나의 별을 찾아 용기 있게 떠날려 치면, 다른 별들이 우르르 날아와 표창처럼 찔러댔다. 답이 없었다.
십 년 전의 잡목이 어느새 팔뚝만한 '나무'가 되었다고 들은 건 아마도 그즈음이다.
집에서 온 소식이었다. 그것이 여전히 살아 있다는 것도 놀라운데, 제법 녹차나무 모양새를 갖춘 것이 신기하여 얼마 전 집안사람들이 찻잎을 덖어 끓여보았단다. 그런데 그 맛이 제법 녹차를 닮았다는 거다. 나는 방바닥에서 일어나 옷을 주섬주섬 챙겨 입으며 그 잡목인지 잡풀인지를 만나러 가보기로 했다.
나란히 마주 앉아, 꼭 십년 씩 자란 몸으로 서로를 바라본다. 물음표 가득했던 말간 눈으로 나를 쳐다보던 풀포기들은 거기 없다. '어이, 오랜만이야!' 하는, 정말이지 작은 '나무' 한 그루가 이파리를 흔들며 앉아 있었다. 허! 과연 녹차를 좋아하는 사람에게 녹차가 아닌 녹차나무를 선물하는 이는 어떤 심정이었나. 녹차밭에 가지 못한 아쉬움에 밭을 조금 떼어 보낸 걸까. 철 지난 인연을 회상하는 것만큼 궁색한 일이 없다만, 오늘만큼은 우리들의 지나간 계절을 헤아려보게 된다.
삿포로 눈의 정원, 수만 개의 촛불이 밤의 축제장을 밝히고 있다.
우리들은 오직 바람에 날려간 빛을 찾아 떠났다. 다시 불을 붙이고 또 붙였다.
그 시간을 희미하게 기억하며, 내게 손을 내민 녹차 나무의 이파리 하나를 똑 떼어본다. 입에 넣으면 시고 떫다. 혀끝에 단맛이 감기려는 찰나, 돌연 공중으로 파득 사라져 버리는 맛을 찾아 혀를 굴린다.
파릇파릇한 그 맛 그대로 녹차나무를 먹는다. 이파리가 짓이겨지고 침과 섞인다. 말라버린 기억에 습기가 오르는지 별안간 통통해진 시간의 부피에, 나는 잠시 나무의 자세로 앉아있어야 했다. 햇볕을 쬐고 바람을 맞고 빗물을 먹는 동안, 씨앗이 나무가 된다는 자연의 일을 생각했던 걸까, 그 사람은 말이지. 하여간 늘 예의바르고 성숙했었다니까. 지나보면 우리들의 시절이 모두 녹차의 맛이로구나.
다시, 봄이 온다.

노영숙 • 사진가. 월간 DCM기자

서울에서 태어나 관악산을 바라보며 자랐다. 화가의 꿈을 품고 자랐지만 한 장의 사진을 통해 돌연 사진의 길을 택했다. 직업을 찾기 위해 20개가 넘는 아르바이트를 경험했고, 결국 잡지사 기자의 길을 택했다. 하지만 스물일곱이 되던 해, 백수를 자처하며 유럽으로 떠났다. 현재 '브런치'라는 플랫폼에서 에세이를 연재하고 있으며, 느리지만 꾸준히 사진을 찍고 있다.

카메라를 전해주던 그 손의 온도와 까만 미소를,
건네받던 설렘과 함께 걷던 그 길

고장난 카메라를 선물받았다

노영숙 • 사진가. 월간 DCM기자

스무 살, 절대 오지 않을 것만 같았다. 하지만 너무나 기다렸던 새로운 시작이었다. 학생의 티를 벗어내지 못한 채 급하게 서게 된 낯선 출발점. 두려웠지만 내 옆엔 내 손을 잡고 있는 든든한 한 사람이 있었다. 큰 덩치와 어떤 일에도 덤덤한 모습 때문에 이름보단 '곰'으로 불렸던 그 사람. 대학 입시를 위한 사진학원에서 처음 알게 된 우리는 차츰 서로에게 호감을 갖게 됐다. 외출 같은 가출을 시도했을 때 나는 그에게 처음 마음을 열었고, 대학 면접에서 낙방했을 때 그와의 만남을 시작했다. 사랑이라는 감정을 느끼는 방법도, 다루는 방법도 서툴렀던 우리. 하지만 투박해도 진심을 아끼지 않고 나누는 방법만큼은 서로 잘 알고 있었다. 아르바이트 월급이 들어오던 날 우리는 소박한 사치를 부릴 수 있었고, 천안과 안양, 부천, 광명을 오가야 했던 상황 속에서도 우리는 늘 감사했다.
꿈으로 가득했던 그때, 동경해왔던 철학자 임마누엘 칸트와 마르틴 하이데거, 아르투어 쇼펜하우어가 살던 독일에서의 공부를 꿈꿨다.

단순히 그들이 살았을 공간에서 공부를 하고 싶다는 치기 어린 마음으로 독일행 비행기에 올랐다. 가을밤의 차가운 공기와 낯선 사람들, 익숙하지 않은 시간과 혼자라는 자각. 작은 카메라 하나 없이 도착한 독일에서 느낀 첫 번째 감각이다. 독일어 한마디도 할 수 없고, 한 사람도 의지할 수 없던 그곳에서 나는 가끔 전화기를 붙잡고 한참을 흐느껴야 했다. 기숙사에서 쫓겨나기도 했고, 돈이 없어 남긴 밥을 받아먹기도 하며, 생체 실험실 아르바이트를 하기도 했던 5개월을 보낸 후 결국 한국으로 돌아왔다.
비로소 다시 만났던 우리지만 함께하는 기쁨은 오래가지 않았다. 그는 국가의 부름을 받아 곧 군대로 떠나야 했다.

같은 길을 걸었기에 그는 내가 느꼈던 지난 5개월간의 갈증을 알고 있는 듯했다. 일병 휴가 때였을까. 그의 투박하게 커다란 손에 작은 카메라 한 대가 숨어 있었다. '씨익' 웃으며 불쑥 내민 손에는 올림푸스 펜 소형 카메라가 올려져 있었다. 필름 한 컷에 두 장의 이미지를 담을 수 있어 하프 카메라로 불린 작고 예쁜 카메라. 그 좋아하는 담배도 아껴가며 모았을 쌈짓돈으로 샀을 카메라. 필름 카메라를 무척 좋아하던 나를 위한 그의 배려였을 것이다. 어찌할 바를 모르는 나와 말이 없는 카메라만을 남겨둔 채 까까머리 군인 아저씨는 홀쩍, 군대로 돌아가 버렸다.
내가 선물 받은 카메라는 정확히 말하면 고장 난 카메라였다. 가끔은 셔터가 눌리기도 했지만 어떤 날은 전혀 찍히지도 않았다. 어떤 곳이 고장 난 건지, 찍으면 잘 나오는지. 아직 전 주인의 손때가 남은 듯한 이 카메라를 통해서는 어떤 것도 알 수 없었다. 이후에 몇 번의 휴가를 더 함께하며 나는 그에게 고장 난 카메라도 제 나름의 세상을 담아줄 거라고 말했다.

하지만 우리의 인연은 담긴 필름의 컷 수보다 짧았다. 그가 병장이 되기 전, 내가 2학년을 앞둔 어느 겨울 우리는 헤어졌다. 카메라를 받은 날 넣은 필름 한 통. 36컷 아니 72컷을 여전히 다 채우지 못한 2009년의 필름은 여전히 고장 난 카메라에 갇혀있다. 카메라를 전해주던 그 손의 온도와 까만 미소를, 건네받던 설렘과 함께 걷던 그 길을 담은 채 멈춰버린 카메라. 이제는 컬러였는지 흑백이었는지도 기억나지 않는 그날의 시간. 셔터에는 켜켜이 먼지가 쌓여가고, 함께한 기억은 흩어져간다. 추억을 기록하던 손이 멈췄으니 기록된 이미지들은 시간의 흐름에 따라 사라져 가리라. 기억함과 동시에 잊혀져가는 속성. 사진으로 만난 우리의 만남은 현상되지 못한 잠상의 모습으로 함께하다 결국 완전히 지워질 것이다.

김영석 • 소설가를 꿈꾸는 사업가

밑그림을 그렸다 지우기를 반복하며 살아왔다. 결국 아무것도 그린 것이 없구나 싶어 아쉬운 마음에 손을 대어보니 희미한 자국이 손끝에 닿는다. 지나왔지만 손금처럼 남겨진 것들. 그것들을 지도삼아 소설을 쓰고 있다.

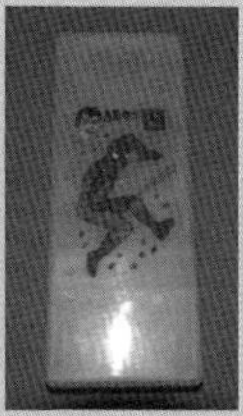

내 마음이 힘들어 빳빳하고 울퉁불퉁해지면
다시 한 번 부드럽게 선물을 열어 보려고 노력해.

마귀할매의 달팽이

김영석 • 소설가를 꿈꾸는 사업가

“달팽이를 좋아해요?” 라고 물어봐준 사람은 아직 없었지만 난 항상 “그럼, 좋아해.”라는 대답을 마음속에 간직하고 있다. 느려 터져서 보고만 있어도 답답하다 말하는 사람도 있지만 실제로는 쉼 없이 움직이고 있고 촉촉한 생명의 기운을 발산하고 있는 존재가 바로 달팽이다. 아침에는 더듬이로 이슬을 찾아 분주히 여행을 떠나는 녀석. 이제 도심에서는 만나기 어렵게 됐지만 그래도 비가 오는 날이면 발밑을 두리번거린다. 갈색의 패각을 돌돌돌 얹고 검정 더듬이를 반짝이며 흙을 헤치고 있을 명주 달팽이를 찾아. 초등학교 3학년 때 짝꿍에게 받았던 선물이다. 그 친구는 개구리 반찬이냐고 물었던 철없는 내게 주문도 함께 걸어 주었다. 얼마나 독한 주문이었는지 이십 년이 훌쩍 지난 지금도 잊히지가 않는다.

짝꿍 오윤미, 어쩌면 학부형이 됐을 수도 있을 나이가 됐구나. 출퇴근 지옥철이 길고 긴 지하선로를 지나 지상으로 올라오면 잠시나마 눈부신 햇살에 감사하듯 나는 봄이 오면 네가 더 생각나. 비가 올 때면 더욱더. 그런 날엔 분리수거 끝내고 집으로 돌아가다 아파트 화단에 쭈그리고 앉아 땅을 살피지. 한 손으론 잔디를 더듬고 귓속에선 너와 함께 불렀던 그 노래가 Replay되라고 귓바퀴를 간질이면서.

짝꿍이 된 네게 난 정말로 못되게 굴었어. 너의 집은 가난한데다가, 다른 아이들에게 놀림 받던 아이였으니까. 얼굴에는 점이 많고 손에 사마귀도 있어서 다들 너를 할매라고 불렀고 나는 한술 더 떠 마귀할매라고 불렀었는데, 같이 어울리던 친구 녀석들이 이유 없이 너를 욕하면 난 더 심한 말을 했고 네 가방을 쓰레기통에 버리기도 했잖아. 그러던 어느 날 짝꿍끼리 손잡고 노래를 제창하는 것으로 음악시험을 치른다고 선생님이 말했을 때 뛸 듯이 좋아하는 네 얼굴을 보고 이렇게 말을 했지.

"거지같은 마귀할매 년아, 네 손 잡으면 내 손에 독 올라. 죽어도 안 할 거야."

다음날 아침, 당번인 내 등교시간에 맞춰 넌 일찍 학교에 왔었어. 그러고는 녹이 슨 작은 필통을 내밀었지. 이가 맞지 않아 잘 열리지 않던 필통을 힘주어 열었을 때 촉촉한 상추 위에 놓여 있던 작은 달팽이 한 마리.

곤충을 좋아하는 나를 위해 아침부터 텃밭에서 상추를 따고 땅을 헤집으며 연노랗고 작은 놈을 찾아 그 위에 올려놨던 거지? 뱅글뱅글 도는 모양의 껍질 안에서 더듬이를 움직이며 햇살을 찾는 녀석을 보고 속으로 뛸 듯이 좋아했다. 그런데…….

"에이 더러워. 뭐야 이거? 너희 집 개구리 반찬 해먹으려고 잡아 놨었냐?"

병신 같은 나는 꼴에 남자라고 여자 짝꿍의 선물은 받지 않겠다는 투로 필통을 집어던졌어. 눈물을 글썽이며 바닥에 앉은 너의 머리에 달팽이를 올려놓고서. 근데 사실 무서웠었다. 나까지 친구들에게 놀림을 받게 될까봐. 얼굴도 못생긴 너를 내가 좋아한다고 생각할까봐. 교실로 돌아왔을 때 친구들은 네가 아파서 집에 갔다고 말했고, 선생님은 반장과 함께 너를 문병 가라고 하셨지. 그때 속으로 얼마나 조마조마했는지. 네 아빠가 날 혼낼까봐, 네가 반장에게 내 못된 짓거리를 다 일러바칠까봐 말이야. 마당에 앉아 있던 넌 날 보고도 화를 내지도 욕을 하지도 않았잖아. 그저 배탈이 났다는 얘기 말고는. 나는 집에 돌아가는 길에 마당 수돗가에 있던 그 녹슨 필통을 몰래 가져왔었다. 상추에 물을 적셔주며 밤새도록 구경하고, 잘 때는 내 이마에 올려보기도 했을 만큼 사랑스러운 녀석이었어. 미끈한 녀석이 부드럽게 내 팔뚝을 기어 다닐 때, 그제야 네 생각이 나더라. 그리고 내 생각도 했지. 내가 한 짓을.
다음날 학교에서도 난 사과를 하지 못했어. 그런데도 넌 내 어색한 인사를 받아 줬고 함께 운동장에서 제창 연습도 했었잖아. 가져 온 달팽이를 내 머리 위에 얹고서 말이야.

윤미야, 네가 아마 그날 독한 주문을 걸었었나 보다. 때때로 요즘도 마음속에서 부정의 에너지가 솟구칠 때 내 머리 위에 달팽이가 올려져있다고 생각해 본다. 녹이 슬었던 그 필통처럼 내 마음도 곤함과 부딪힘으로 뻣뻣하고 울퉁불퉁해지면 다시 한 번 부드럽게 열어 보려고 노력해. 그 안에 초록의 세상과 작지만 살아있는 뭔가가 꿈틀대고 있다는 것을 기억하면서….
물론 그날 이후로도 개구리였던 나는 여전히 개구리로 살고 있다. 그렇지만 조금은 용기 있는 남자가 될 수 있었다. 음악 실기시험을 치를 때 스르르 윤미의 손을 잡을 수 있었고 또 그 애가 전학 가던 날 눈물이 나는 걸 참지 않았으니까. 매일 같은 삶이지만 그래도 답답하면 그날의 선물을 떠올리며 더듬이를 꿈틀한다. 삭막한 도시 같아도 분명 어딘가에선 명주달팽이가 나무를 기어오르고 있을 거란 걸 알고 있기에. 내 평생의 나무 위를 기어오르고 있는 달팽이 말이다.

박소란 • 시인

시를 쓰며 직장에 다닌다. 시를 쓰지도, 일을 하지도 않을 때는 주로 걷는다. 걸어서 갈 수 있는 동네를 좋아한다. 늦잠을 자고 일어나 책을 읽다 저녁 무렵 걸어서 간 동네에서 누군가를 만나 밥을 먹는 일을 좋아한다. 그리고 다시 걸어서 돌아오는 일을 좋아한다. 잠자리에 누워 뻐근해진 다리를 쭉 펴 보는 일을 좋아한다. 언젠가 '신라의 달밤 165리 걷기대회'에 출전하고 싶다. 2015년 시집 『심장에 가까운 말』을 내며, 막 출발점에 섰다.

연노랑 빛깔의 커다란 꽃이 그려진 컵. 가느다란,
그러나 곧은 그 꽃대가 나는 마음에 들었다.
아무 말도 없이 너는 그것을 내 두 손에 쥐어주었고.

미안의 컵

박소란 • 시인

컵 하나가 있다. 모니터가 다급한 듯 커서를 깜박이고 각종 서류들이 어지럽게 뒤섞인 곳. 그 사이에 컵 하나가 놓여 있다. 어떤 골똘한 생각에 잠긴 사람처럼, 사뭇 묵묵한 자세로 컵은 있다. 등을 보이고 있다. 그 뒷모습이 어쩐지 스산해, 나는 잠시 숨을 고른다. 대체 너는, 언제부터 여기 이 자리에 서 있었던 건지.

그래, 기억 난다. 언젠가 나는 이 컵을 두 손 가득 받아 든 적이 있었다. 한참 동안 컵의 깊고 깊은 속을 들여다보며 눈물을 참은 적이.

스물이 갓 지난 해였고 봄날이었고 어설픈 사랑이 시작되고 있었다. 우리는 자주 삼청동 꽃길을 걷곤 했는데. 스무살과 봄과 꽃이라는 뻔한 조합이 우리를 얼마나 설레게 만들었는지. 햇살이 선명한 거리 곳곳을 기웃거리며, 쉴 새 없이 귓속말을 주고 받으며, 까르륵 웃음을 터뜨리며,

깍지 낀 서로의 손가락을 만지작거리며……. 그리고 어느 날.

나는 화를 내고 있었다. 네게 괜한 심통을 부리고 있었다. 네 눈을, 손을 외면하고 있었다. 아주 사소한 일이었을 것이다. 아르바이트를 하던 네가 약속시간에 조금 늦었다거나 무슨 무슨 기념일 따위를 기억하지 못했다거나 하는 시시한 이유였을 것이다. 누군가 청춘에 대해 묻는다면, 나는 답할 수 있겠다. 아마도 그것은 무시로 화가 나는 것이라고. 도무지 참을 수 없을 것 같은 화를 쏟아내다가 문득 '이런 것이 사랑은 아닐까' 알아채게 되는 것이라고.

한동안 겨울 같은 침묵이 우리를 휩쌌다. 말주변이 없던 내 어린 연인은 그 무거운 침묵을 혼자 짊어지고서 묵묵히 걷고 있었다. 그때였다. 우리 앞에 어떤 공예품 상점 하나가 나타났다. 삼청동 거리에서 흔히 볼 수 있는 그곳 아기자기한 쇼윈도가 잠시 우리 둘의 시선을 붙들었고, 마침내 어떤 구실을 찾았다는 듯 너는 나를 끌었다. 문을 밀고 들어섰을 때 우리의 머리 위로 가볍게 쏟아지던 풍경 소리.

상점 안을 두리번거리던 너는 구석에 진열된 컵 하나를 집어들었는데. 이름을 알 수 없는 연노랑 빛깔의 커다란 꽃이 그려진 컵. 가느다란, 그러나 곧은 그 꽃대가 나는 마음에 들었다. 아무 말도 없이 너는 그것을 내 두 손에 쥐어주었고, 나는 애써 퉁명스런 태도로, 그러나 숨길 수 없이 발그레해진 얼굴로 그것을 받아들었을 것이다.

후에 나는 그 컵을 '미안의 컵'이라고, 그렇게 이름 붙였었다. 너의 미안이

가득 담긴 컵 속을 오래오래 들여다 본 기억. 어쩌면 나는 네게 한 번쯤 물어본 적이 있는 것도 같다. 왜 하필 컵이었는지. 커피를 홀짝이며 딴청을 피우던 너는 그저 웃었을 뿐, 끝내 대답을 미루었고.

미안이라는 사근사근한 말이, 감정이 기어코 사람의 마음을 허물어뜨리고 마는 것임을 나는 너의 컵에게서 배웠다. 그러므로 미안만이 유일한 사랑의 말이자, 이별의 말이 될 수 있음을. 미안, 미안, 우리는 그 시절 서로에게 얼마나 많은 미안을 이야기했을까. 마지막 순간까지 우리 중 누군가는 미안을 말했을 테지. 미안을 가득 담은 얼굴로 마른 바닥만 쳐다봤을 테지. 결국 시간은 모든 소중한 것을 훔쳐간다. 너와의 추억도, 컵도 어느 순간 나는 잊어버렸다.

그리고 얼마 전 나는 낯익은, 그러나 분명 낯선 컵 하나가 사무실 책상에 올려져 있는 것을 보았다. 언제부터 여기 이 자리에 있었던 건지. 커피에 찌든 탓에 속이 거멓게 변색된 컵이다. 간혹 그것을 스친 이는 "그래도 꽤 예쁜 컵인데요" 하지만, 그때마다 나는 그런가요?, 되묻게 된다. 그랬던가요, 우리가?

근데 너, 그거 아는지? 아직은 그래도 꽤 예쁜 컵인 이 컵은 사실 매우 불편한 컵이라는 걸. 주둥이가 필요 이상 넓은 나머지, 무심코 입술을 댈 때마다 나는 커피며 물을 입가에 질질 흘리곤 한다. 마치 어디 한 군데가 모자란 사람처럼. 네가 본다면 또 잠시 웃겠지.

그날의 너를 다시 만날 수 있다면…… 나는 이제 먼저 손을 내밀텐데.

커피나 한잔 할래?, 말할 수 있을 텐데. 너무 늦은 미안의 커피, 라고 한다면. 그냥 그렇게 생각해 준다면 참 좋겠지.

황학주 • 시인

주로 바닷가 마을을 전전하며 살다 1년 전부터 제주 섬 중산간에 시골집을 얻어 지내고 있다. 내 안에 낮은 돌담을 쌓는 일과 같다. 지은 책으로 『너무나 얇은 생의 담요』 『루시』 『저녁의 연인들』 『노랑꼬리 연』 『某月某日의 별자리』 『사랑할 때와 죽을 때』가 있다.

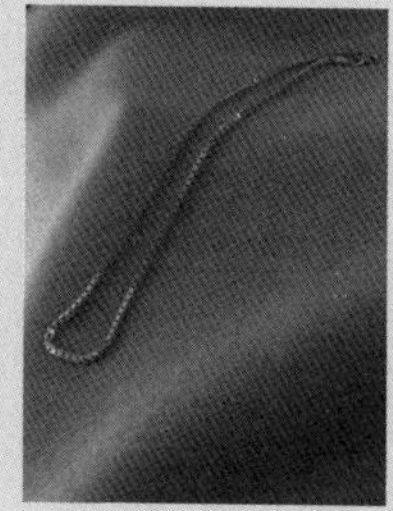

사랑의 어두운 시선 속에 반짝이는 금빛은
벽거울에 비치는 그녀의 누드처럼 어질러진 방안에서 환했다.

황금목걸이

황학주 • 시인

같은 일을 생각하는 것인데 그 일을 글로 쓰려니 덕소 강마을이 어른거려 생각이 한참을 멈춰 서곤 한다. 어른거리는 것이 무엇인지 말로 설명하기는 어렵다. 알 수 없는 한 송이 장미에 대해서 말하는 기분이다. 누군가와 함께 한다는 것에 아마도 가장 인간적이고 자유로운 모양새를 한 꿈을 걸었던 시절이었는지 모른다. 그리고 금목걸이야말로 그런 시간을 살던 순수한 상징물로서 나의 기억에서 지금도 빛난다.

목에서 헐렁한 이 금목걸이는 생김새가 특이하다. 워낙 얇고 작은 조각이라 얼른 알아챌 수 없지만 손에 들고 자세히 보면 직사각형 모양의 작은 금판 약 640여 개를 입체적으로, 사각형을 이루게 네 줄로 연결한 목걸이다.

그해 그녀가 돈이 생겨서 선물을 해주고 싶다고 했다. 목이 드러난 옷을 입고 있었으니 초여름이던 것 같다. 내가 그녀를 끌고 간 곳은 집

앞에 있는 금방이었다. 작은 읍내 삼거리 모퉁이 금방에서 나는 맘에 드는 금목걸이 하나를 찾아냈다. 몸에 끼이는 반지보다 몸에 착 붙는 금목걸이의 느낌이 나는 좋았다. 당시 우리에겐 금붙이 같은 것이라곤 집구석 어디에도 찾아볼 수 없었다. 몸에 하는 것이라면 반지가 있는데, 그것도 베네치아 어느 골목에서 꺾어 서로의 손가락에 묶어준, 다 말라비틀어진 채 책상 위에 놓여 있는 두 개의 풀꽃반지가 있었다. 우리에게 반지를 살 여력이 없었던 게 아니라 반지가 필요하다고 생각해본 적이 없었던 것이다. 글쎄. 그런데 왜? 어쩌면 반짝이는 강물 탓이었으리라. 우리가 높은 아파트 꼭대기 층에서 날마다 바라보던 강은 워커힐 쪽으로 휘면서 시야에서 벗어나고, 우리가 보았던 모습 그대로 날마다 흐르고 있었다. 미친 듯이 사랑을 나누고 바라보는 몸 또한 날마다 같은 모습 그대로였다. 그렇게 발가벗은 일상을 산다면 어느 순간 금목걸이 하나쯤은 그 새에 끼어들 수 있다.

금붙이를 몸에 하고 다닌 적이 없는데, 반지도 아닌 금목걸이를 걸고 다니면 날 아는 사람들은 무슨 일인가 싶어 고개를 갸웃거릴 만했다. 사람이 이상해졌다는 소리를 들을 수도 있는 일이었다. 하지만 나는 그녀를 생각하며 목걸이를 하고 다녔다. 금목걸이를 하고 다닌다고 해도 아무런 잘못이 없다. 그녀가 흡족하게 보고 있는 시선, 그녀만 좋다면 문제랄 게 없다는 내 생각을 읽고 있는 시선이 좋고, 뭔가 서로를 잡아당기는 맛과 오버할 수 있는 여지가 있어서 좋은 물건이었다. 사랑의 어두운 시선 속에 반짝이는 금빛은 벽거울에 비치는 그녀의 누드처럼 어질러진 방안에서 환했다.
금목걸이는 특히 여름 런닝셔츠 위에서 빛났다. 한겨울이 아니라면 나는 가슴이 파인 남방이나 티셔츠에 금목걸이를 하고 다녔다. 색소폰이 변신한 것 같은 금목걸이. 사랑을 나눌 때 내 목에서 흘러내리며 그녀의 목에 닿던 금목걸이. 황금빛 반들반들한 그 잎줄기. 가끔 세수를 할 때 고리가 벗겨져 내리던, 조용히 가슴이 뛰고 있는 듯한 그걸 가만히 손에 쥐어보면 도마뱀 꼬리처럼 떨어져 나갈 것도 같은, 떨어져 나가고도 싶은 듯한, 어쩐지 안쓰럽기도 한 물건이었다.

우리의 사랑을 다 아는 것 같은 그 금목걸이를 지금은 풀어두고 있지만, 언젠가 다시 걸고 나다닐지도 모른다. 나만이 그 금목걸이를 완전히 이해하고 있다.

같이 밥먹자

이웃을 위한 선물

이해인 • 수녀. 시인

구름. 나비. 조가비. 민들레를 좋아하고 무어나 선물하길 좋아해서 요술공주라는 닉네임도 갖고 있고, 하늘과 땅을 이어주는 구름천사가 되고 싶어 수녀원에 왔다는 것. 수도생활 반세기를 하고 나니 가는 곳이 고향이고 만나는 이가 다 가족으로 여겨지는 넓은 사랑을 하게 된 기쁨에 감사한다.

그가 사형을 당하던 그날,
나도 긴 시간 걸려 묘지에 도착해서 얼마나 많이 울었는지!

쓸쓸한 독방에서 하나하나 올을 풀며 기도하는 마음으로
십자가를 엮어갔을 그의 간절한 정성도 그대로 전해져 온다.

세 개의 십자가

이해인 • 수녀. 시인

내가 1964년 수녀원에 입회 이후 1967년 수련착복을 하고나서부터는 계속 수도복 위에 십자목걸이를 하고 살고 있다. 갖고 있는 성물 중에서도 성모상.예수님상 등 목각으로 된 예술품들이 있지만 다양한 모양의 십자가도 여러 개 있다.
내가 선물 받은 몇 개의 십자가는 늘 귀하게 생각되는 애장품 목록이다.

조가비 십자가

지금은 유명한 화가가 된 조광호 신부님이 1978년, 신학생 시절 나에게 십자 모양의 나무 위에 하얀조가비를 넣어 그려준 예수님상은 늘 벽에 걸어두고 보며 많은 위로를 받곤 하였다. 그는 여러 개의 십자가를 나에게 선물했으나 다 이웃에게 나누어주었고, 이것만큼은 늘 지니고 다니면서 내가 힘들 적마다 예수님상을 바라보며

기도하였다. 사제로서 수도자로서 각자의 길을 열심히 걸어 온 우리의 우정이 조가비 십자가상 위에서 빛나고 있다.

밥풀 십자가

1990년에 사형을 당한 최고수 형제 권현집(베드로) 형제가 매끼마다 배당된 급식을 모아서 만든 십자가 몇 개도 오래 지니고 있다가 친지들에게 나누어주고 지금은 사진만 남아있다.

교도소를 늘 자신이 지극한 정성으로 수행하는 수도원이라고 표현하던 그의 수많은 편지들은 하도 간절하고 신앙적인 확신으로 가득 차 깊은 감동을 주곤 하였다. 절식을 하고 밥을 아껴서 말렸다가 만든 정교한 십자가의 제목을 '내가 죽인 예수'라고 한 것만 봐도 그의 애틋한 사랑의 마음을 읽을 수 있다.내가 면회를 가면 교도관 몰래 슬그머니 건네주던 러브레터들은 나를 돌아보게 하고 수인들을 위한 기도를 더 열심히 하게 만들어주었다.

그가 사형을 당하던 그날,
나도 긴 시간 걸려 묘지에 도착해서 얼마나 많이 울었는지!

쓸쓸한 독방에서 하나하나 올을 풀며 기도하는 마음으로
십자가를 엮어갔을 그의 간절한 정성도 그대로 전해져 온다.

타올로 짠 십자목걸이

'저의 잘못에 대한 죄책감 때문에 인사를 드릴 수 없었습니다. 그런데

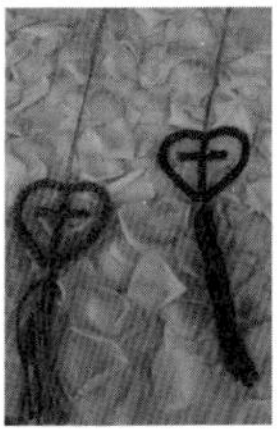

이곳까지 오셔서 따뜻한 가슴으로 안아주시고 차가운 제 손을 녹여주시니 가슴을 짓누르던 바위덩어리가 한 순간에 사라지고 제대로 된 숨을 쉴 수 있게 되었습니다. 베풀어주신 사랑에 걸맞은 제가 될 수 있게 더욱 최선을 다하여 주님의 가르침에 합당한 삶을 살겠습니다...'

한때는 세상을 떠들썩하게 했던 탈옥수 신창원 형제의 요즘 편지 중 한 구절이다. 지금은 전주에 있지만 청송에 있을 때 면회를 간 일이 있는데 그는 편지 안에 타올을 풀어서 짠 하트모양의 연두색 목걸이를 보내주었다. 그걸 내가 너무 잘 두어서 못 찾는다고 했더니 후에 다시 두 개를 더 보내주었다. 원래는 밖으로 나올 수 없는 것들이라기에 나 역시 교도소 측에 미안하다고 사과를 하였지만, 이 목걸이들을 보고 있노라면 쓸쓸한 독방에서 하나하나 올을 풀며 기도하는 마음으로 십자가를 엮어갔을 그의 간절한 정성이 그대로 전해져 온다.

어떤 사소한 일들에 갈등을 느끼거나 관계에서 오는 고민이 생길 때에 이 십자가들은 나에게 힘과 용기를 내라고, 끝까지 견뎌내는 인내의 승리자가 되라고 격려해 준다.
하늘을 향한 수직적인 사랑과 이웃을 향한 수평적인 사랑의 조화를 새롭게 깨우쳐주는 십자가의 영성을 살고 싶은 나에게 십자가 선물들은 언제나 큰 기쁨이 아닐 수 없다.

황병구 • 감성코칭 전문가

직장생활이 치열해지면서 사람에게 관심을 갖게 되었다. 다시 말해 사람의 마음을 탐구하고 싶어졌다. 잃어버린 사람의 마음을, 그 감성을 코칭하는 또 다른 장르에 뛰어 들었다. 감성코칭을 하면서 또 다른 장르를 열어가는 것 역시 벤처의 영역이라 믿고 있다. 사람의 마음을 돕는 일. 그 일에 대한 연구에 골몰하며 오늘 하루를 살아가고 있다.

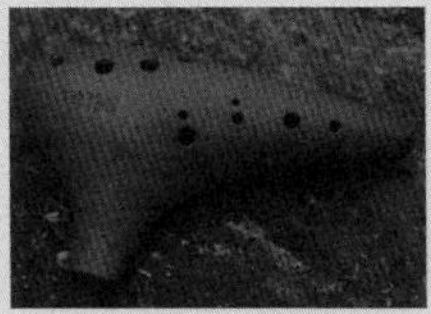

우리는 누구나 크고 작은 잘못을 안고 살아간다.
어른이 되면서 대못 같은 마음의 짐 하나씩 안고 사는지도 모른다.
그것을 우리는"아픔"이란 단어로 이야기한다.

세상 곳곳을 밝히는 등대처럼 살으렴

황병구 • 감성코칭 전문가

어느 고즈넉한 여름날이었다. 평소 알고 지내던 모 여고 선생님께서 부르셔서 여자 소년원까지 가서 강연을 하게 되었다. 폭력, 약물 등 크고 작은 범죄에 연루된 15세부터 19세 사이의 여자 청소년들의 감호소였다. 대부분 결손가정에서 자라 사랑이 더욱 필요한 아이들이라는 말을 들었다. 사회와 격리된 아이들의 모습이 궁금해졌다. 어떤 모습일까? 묘한 감정이 가슴 아래 깊은 곳으로부터 올라오는 것을 느꼈다. 드디어, 교실 문을 열고 들어선 순간 깜짝 놀랐다. 40여 명의 아이들이 하늘색 운동복을 입고 가지런히 앉아 있었다. 한결같이 예쁜 모습들, 초롱초롱한 눈, 다들 천사의 모습을 하고 있었다. 이곳으로 오는 동안 가진 선입견이 컸음에 부끄러워졌다. 준비해온 강의를 할 수가 없었다. 꼿꼿한 자세로 앉아 있는 그들의 몸을 열어주고 닫힌 마음도 쉬게 해주고 싶었다. IT. 즉, 나의 직무 위주의 강의 대신 아이들에게도, 소통하고 싶다고 얘기했다. 내 태도에 다소 당황해 하는 모습이 역력했다. 호기심 가득한 눈빛으로 쳐다보기 시작했다. 좋아하는 도종환 시인의 시. "그대 거기 있다고 슬퍼하지 마세요."를 읽어내려 갔다. 그들은 말없이 듣고 있었다. 때론, 눈물을 글썽이는 친구도 여기저기서 보였다. 시 한편으로 이들의 감성을 깨울 수 있는 건가?! 그저 평범하고 순박한 여고생들의 모습들을 보며 나는 계속 이야기를 해나갔다.

'우리는 누구나 크고 작은 잘못을 안고 살아가고 있습니다. 어른이 되면서 점점 더 커다란…….대못 같은 마음의 짐을 가슴에 하나씩 안고 살아가게 되는 건지도 모르겠습니다. 이 모든 것들을 우리는"아픔"이란 단어로 이야기 합니다. 우리 모두는, 종류는 다르지만 비슷한 아픔이 있습니다. 저도 마찬가지입니다. 인생은 일생을 도전해나가는 것에서 행복을 찾고 보람을 찾고 그렇게 노력해 나가는것입니다. 지금의 시간들을 실패라고 단정 짓고 계속 머문다면, 더 큰 아픔이 찾아 올 것입니다.
현재에 안주하지 말고 도전하십시오. 꼭 해보고 싶었던 교육을 받는다니 그 분야의 전문가가 되겠다고 생각했음직 합니다. 가는 길이 고단하겠지만 그 목적을 향해 나아간다면, 결국 이루어질 것입니다. 또 한 가지는 사랑하는 마음을 지녔음 합니다. 자기 스스로를 말입니다. 매일 아침 일어나, 나는 나를 사랑한다. 사랑받을 자격과 시간이 많다. 라고 주문을 외운다면 실제로 그렇게 될 것입니다.'

동생들에게 하듯. 얘기해 나갔다. 그리고 질문을 받는 시간을 가졌다. 딱딱했던 처음의 모습과는 다르게, 애인이 있나? 돈은 얼마나 버나? 어떤 책을 주로 읽는지? 등등을 물어왔다. 사회에 나오면 다시 만나자 하고 아쉬운 마음을 달래며 나오는데 교도관 선생님이 숨 가쁘게 뛰어오셨다. 아이들이 서운해 하며 내게 선물을 하고 싶다며 잠시만 더 시간을 내달라는 말을 전해왔다. 아이들의 손에는 무엇인가 들려있었다. 교도관 선생님께 부탁해서 아이스크림을 41개를 샀다는 것이다. 복도에 서서 같이 아이스크림을 나누어 먹었다. 두 번째 선물. 나는 이 세상에서 가장 아름다운 음악과 악기를 받았다. 이곳에서도 특별활동시간이 있었고, 그들이 연주하며 들려준 한 곡의 음악."나의 살던 고향은 꽃피는 산골……." '고향의 봄'이었다. 다 듣지 못하고 눈물이 흘렀다. 오히려 내가 이들로부터 사랑을 배우고 깊은 정을 알게 된 거였다. 그때 반장이 말하였다.

"말씀대로 열심히 공부해서. 사회에 나가면 머리는 공짜로 깎아드릴게요." 모두 까르르 웃었다. 미용반에 있었던 모양이다. "그리고, 선생님 선물이에요, 우리들 꼭 기억해주세요" 예쁜 손수건으로 정성껏 싸서 전해준 것은 바로 "오카리나"였다. '감사합니다. 평생 잘 간직하겠습니다.' 인사하고 한 명 한 명과 악수를 하고 나오는 내내 함께 울었다. 세월이 많이 흐른 지금. 그들과의 약속대로 나는 오카리나를 가끔 손에 들고, 이리저리 불어본다. 안아 줄 수 있는 사람이 없었던. 그래서 더 외로웠던 그들, 그녀들이 내게 전해준 따뜻한 마음들. 지금은 어엿한 성인이 되어 세상 곳곳을 밝히는 등대와 같은 삶을 살고 있을 것이라 믿는다. 40여 명의 학생들이 모두 졸업하고, 사회로 복귀했다는 이야기를 전해 들었다. 가슴 설레는 그들과의 2시간 동안의 만남. 나는 여전히 그들에게 응원의 메시지를 보내고 있다. '사랑하는 사람이 되라고.' 그리고 오카리나는 치자꽃이 활짝 필 때면 어김없이 내 손에 들려져 있다.

김현희 • 소설 쓰는 불문학자

소설가가 되고 싶었던 스물 즈음, 책 읽는 일이 세상에서 제일 재미있는 일로 여겨져 문학이론 공부를 하러 프랑스로 날아갔다. 로맹 가리 연구를 수년 간 했다. 끊임없이 다른 사람 되기를 즐기는 그의 소설 속 인물들에게 매료되어, 새로운 '나'를 꿈꾸고 있는 중이다.

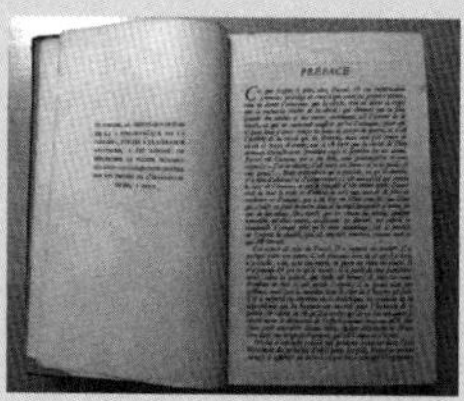

그 포옹은 연인들 사이의 포옹이 아니었다.
한 인간이 한 인간에게 건네주는 애정의 제스처였다.
그가 나를 부드럽게 안았을 때, 나는 울컥했다.

눈 내리는 끌레르몽에서의 히로치상

김현희 • 소설 쓰는 불문학자

이국의 땅, 눈이 내리던 어느 크리스마스 이브의 밤. 따뜻한 포옹으로 내 마음에 온기를 전해 준 남자의 이름은 히로치였다. 나와 내 친구들은 일본식으로 그를 히로치상으로 불렀다. 서른 초반의 나와 50대 후반의 히로치상, 우리가 가진 공통점은 프랑스에서 박사 준비 과정의 논문을 쓰는 것이었다. 철학자 파스칼이 태어난 곳에서, 나는 프랑스 문단의 괴짜 '로맹 가리'에 관한 논문을 쓰고 있었고, 히로치상은 파스칼에 관한 논문을 쓰고 있었다.

히로치상은 나이 차가 많이 나는 친구인 우리들에게 유창하지 않은 불어로 더듬거리며 자주 말했다. 가지고 있는 돈을 다 쓰고 나면 티베트로 가서 생을 스스로 마감하겠다고. 그가 농담처럼 말했기 때문에 다른 친구들은 웃음을 터뜨렸지만, 나는 그의 말이 진심이라고 생각했다. 그의 눈에 가늠할 수 없는 깊은 쓸쓸함이 느껴졌기 때문이었다.

히로치상은 오랫동안 고등학교에서 철학과 윤리를 가르쳤다. 정년을 기다리며, 평온한 삶을 살았다. 퇴직을 하면 파스칼이 태어난 고장에서 몇 달 머물고 싶다는 꿈을 꾸기도 했다. 그러다 갑자기 아내가 이혼서류를 내밀었을 때, 자신에게 일어 난 일이 너무 비현실적이라 믿기지 않았다. 그와 더 이상 아무것도 나눌 것이 없다는 말에 충격을 받았다. 그때서야 그는 아내와 거의 대화가 없었다는 것을 깨달았다. 퇴근을 하고 집에 들어오면, 아내가 챙겨 준 밥을 먹고 책을 보다 잠자리에 들었던 그의 모습을 떠올렸다. 그가 삶이 잘 흘러가고 있다고 믿는 동안 그의 아내는 외로움에 사로잡혀 있었다. 아내를 사랑하고 있었지만, 아내를 붙잡을 수는 없었다. 그와 사는 것이 더 이상 행복하지 않다는 말에 충격을 받아, 아내의 요구를 받아들였다. 잊고 지냈던 그녀에 대한 감정이 되살아나는 것을 느꼈지만, 끝나지 않은 사랑은 오직 그 자신의 문제라고 생각했다. 그렇게, 히로치상은 일본에서의 삶을 정리하고 프랑스로 왔다. 그리고, 가진 돈이 다 떨어지면 티베트로 떠나겠다는 마음을 품었다.

서른 초반의 한국인인 나와 오십대 중반의 그는, 그렇게 이국의 땅에서 이방인으로 만났다. 가끔 마음을 휘젓고 가는 외로움 때문에 힘들기도 했다. 누군가에게서 전해지는 온기가 사무치도록 그리운 나날을 보낼 때도 있었다. 가슴에 채워지지 않는 커다란 구멍이 생긴 느낌이 드는 날들이 계속 될 때면, 나는 히로치상이 내게 남겨준 온기를 온몸으로 떠올린다. 그랬다. 그는 내게 온기로 남은 남자이다.
눈 내리는 날의 포옹, 그 포옹은 연인들 사이의 포옹이 아니었다. 한 인간이 한 인간에게 건네주는 애정의 제스처였다. 그가 나를 부드럽게 안았을 때, 나는 울컥했다. 다음날이면 그가 티베트로 가기 위한 여정을 시작한다는 사실을 떠올렸기 때문이었다. 다시는 그를 볼 수 없으리라는 생각에 그를 꼬옥 안아주었다. 따뜻한 포옹을 건넨 후, 히로치상은 물기어린 눈으로 나를 바라보며 말했다.

"희상... 저를 위해, 이렇게 맛있는 저녁에 초대해 주셔서 감사합니다. 희상이 아니었다면 티베트로 가는 길이 참 쓸쓸했을 것 같아요..."
작별 인사를 하고 돌아서 걸어가는 그의 뒷모습을 나는 한참이나 바라보았다. 그리고, 쓸쓸함이 새겨진 그의 중년의 등을 나는 오랫동안 기억했다. 그가 떠오를 때면 그가 남겨 준 브람스를 들으며 나는 파스칼의 팡세를 읽는다.

영혼의 눈을 뜨게 한 책읽을

내 영혼을 위한 선물

김성규 • 시인

구름을 오래 바라보는 것을 좋아한다. 구름이 흘러간 곳을 찾아다니다 도시로 올라왔고 구름이 또 어디로 가는지 궁금해 시를 썼다. 내 몸속에 구름이 자라는지 가끔 이유없이 떠나고 싶다. 그때마다 술잔에 구름을 띄워 마신다. 지금도 어디로 가야할지 몰라 허둥대며 살고 있다. 그 허둥댐이 내 삶의 방식, 내 시의 방향이라 생각하며 살기로 했다.

남들을 의식하며, 나의 기쁨을 마음껏 누려본 적이 없는 것 같다.
왜 그랬을까. 습관적이었던 같다.
선물을 받는 순간 나는 아이가 된다.
너무나 먼나라에서 날아온 선물처럼 어색하고 신비한

북극에서 배달된 얼음덩어리

김성규 • 시인

물그릇이 꽝꽝 얼어붙는 추위 속에서 생일을 맞이한 적이 있다. 자취방 가스버너로 물을 끓이며 추위를 견디려고 점퍼를 입고 잠이 들던 밤, 나는 이곳이 북극보다 더 춥다는 생각을 한다. 구원은 어디에 있는가. 과연 책 속에 있는가. 시속에 있는가. 오직 조그만 불꽃 한 점에 구원이 들어있지 않은가.

길거리에서 아이들이 장난치며 서로의 생일을 축하해주며 뛰어다닌다. 폭죽을 들고 흔드는 아이들. 추위 속에서 타오르는 불꽃. 서로 눈덩이를 던지며 달아나고 다시 뒤쫓는다. 남들의 눈은 아랑곳하지 않고 자기들끼리 즐거움을 만끽한다. 그런 장면을 보면 한편으로 부럽고 다른 한편으론 쓸쓸해진다. 나는 이 세상에서 이방인 같다. 저들은 모두 인간이고 나만 곰처럼 어슬렁거리면서 집으로 돌아간다.

나는 생일날 무엇을 받는 것이 어색하고 불편하고 신기하다. 누나가 생일 선물을 두고 갔다고 문자를 남겨서 퇴근하자마자 돌아왔다. 혹시 상하는 물건을 두고 간 게 아닐까 걱정 때문이다. 어릴 적부터 무엇인가를 받은 기억이 거의 없다. 누군가 내게 생일선물을 줄 때면 나는 어색해 어쩔 줄을 모른다. 분명히 고맙지만 나도 모르게 불편한 표정을 짓고 있다. 왜 이런 것을 했느냐고 화를 내기도 한다. 분명히 고맙다고 느끼지만 그런 표현을 하지 못하는 것이다.

일찍부터 객지로 떠난 누나는 내가 서울로 올라온 이후부터 자취방을 알아봐주고 가끔 용돈을 주고 옷을 사주고 내가 아플 땐 나를 세브란스병원 응급실로 데려간 적도 있다. 곰처럼 나는 아파도 참는다. 가끔 집에 들러 청소까지 해주니 부모와 다르지 않다. 미안함과 안쓰러움이 밀려온다. 누나도 아직 결혼을 안했고 나도 마흔이 다 되도록 미혼이니 같이 나이 들어가기 때문이다.
20대의 생일날, 그리고 30대의 생일날, 또 40대의 생일날, 계속 이렇게 산다면 얼마나 쓸쓸할까. 태어난 것이 과연 행복한 일일까 질문해본다. 나는 이렇게 심각하고 쓸데없는 생각을 많이 한다. 남들을 의식하며, 나의 기쁨을 마음껏 누려본 적이 없는 것 같다. 왜 그랬을까. 습관적이었던 같다. 나의 습관 때문에 내가 늘 그렇게 살고 있다는 것도 깨닫지 못했던 것이다. 어둠속에서 스스로를 불태워 빛을 내뿜는 것들, 그것은 어둠이기 때문에 그 존재가 환하게 빛나는 것이다. 작은 난로가 추위 속에서 더욱 소중해지듯 불꽃은 어둠속에서 빛을 발한다. 그러므로 난로와 불꽃이 따뜻하고 아름다워지기 위해선 추위와 어둠이 필요하다.

생일이 나에게 주는 선물은 추위뿐이라고 생각했다. 감각의 진폭을 풍부하게 느끼라고 눈송이를 공중에 뿌려놓는다. 그것을 황홀하게 바라본다. 그리고 이런 글을 쓰며 온갖 엄살을 부리며 만족한다. 그렇지 않으면 다른 무엇에 만족할 것이 없으므로 자족할 도리밖에 없다. 가난한 자들에게 생일은 얼마나 무서운 형벌인가. 이런 생각을 하며 집으로 돌아왔지만 아무런 선물이 없다. 방안과 씽크대, 옷걸이까지 여기저기 찾아봐도 선물이 없다. 누나는 나에게 어떤 선물을 주고 갔을까. 나는 누나에게 문자를 보낸다.

"누나 선물 어디다 뒀어?"

몇 분이 지나자 간단한 답이 온다.

"냉동실 열어봐"

나는 냉동실 문을 열고 누나가 얼려 놓고 간 얼음덩어리를 본다. 그리고 짧은 메모를 본다.

"한 번에 먹을 만큼 봉지에 싸놨으니까 먹을 때마다 냄비에 넣어서 데워 먹어라. 먹으면 설거지 바로 하고, 바퀴벌레 생긴다."

나는 북극곰처럼 멍청히 서서 얼음덩어리를 본다. 미역국으로 만든 얼음덩어리. 눈물이 난다. 북극곰은 얼음덩어리를 타고 놀고 얼음덩어리 위에 올라앉아 잠을 잔다. 나는 미역국으로 만든 얼음덩어리 위에서 살아가는 북극곰인가. 내가 우는 것은 내 삶이 슬퍼서인가 누나의 삶이 슬퍼서인가. 실은 북극에서 선물이 날아온 것처럼 기쁘고 감동적이다. 미역국으로 만든 얼음덩어리는 내가 삶을 살아가는데 너무나 큰 힘을 준다.

아이들의 장난이 신비로운 것은 추위 때문이다. 불꽃처럼 환하게 타오르는 아이들. 빛나는 만큼 기쁨은 짧은 순간 소멸되겠지만 그 짧은 순간 때문에 오랫동안 나는 행복할 것이다. 선물을 받는 순간 나는 아이가 된다. 너무나 먼 나라에서 날아온 선물처럼 어색하고 신비한 얼음 덩어리를 떠올릴 때마다 나는 곰처럼 웃을 것이다. 한 아이의 웃는 얼굴이 오로라처럼 빛을 뿜으며 겨울마다 내 앞에 펼쳐진다.

손택수 • 시인

1970년 영산강 시원지가 있는 담양에서 태어나 부산에서 성장기를 보냈다. 어릴 때 꿈은 농부였다. 별(辰)과 노래(曲)가 하나가 된 농(農) 자를 업으로 삼고 싶었는데 꿈이 좌절되면서 그만 시를 쓰게 되었다. 오랫동안 책 만드는 일을 하였으며 지금은 학생들을 가르친다. 유년시절의 실향과 실패와 숱한 실연이 시를 쓰게 하는 힘이라고 생각한다.

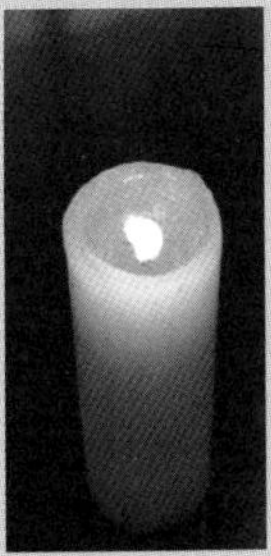

서로가 서로에게 스며드는 이 따듯한 기운이
우리의 유년을 지켜주던 눈빛이었으며
상실의 고통을 달래주던 노래였음을 안다.

양초 인간

손택수 • 시인

나는 초를 좋아하는 소년이었다. 촛불을 켜면 늘 설명할 수 없는 어떤 따뜻한 기운이 썰렁한 방안을 특유의 아늑한 품으로 품어주는 듯한 느낌에 자주 사로잡혀 있곤 하였다.

산 너머 바다에서 불어온 바람이 슬레이트 지붕을 해소기침 환자처럼 콜록이게 하던 겨울밤이었을 것이다. 그날 밤도 나는 어린 누이들과 함께 무슨 신성한 의식이라도 치르듯이 촛불을 켜고 어디선가 들은 유령 이야기를 풀어놓기 시작했다. 아버지는 왜 아직 돌아오지 않는지, 돈을 빌리러 간 어머니는 혹시 우리 남매를 버리고 떠나버리지 않았는지...... 기다림에 지쳐 턱없이 커진 그림자가 바람벽 위에서 불안하게 흔들리고 있었다. 촛불을 꺼버리면 기괴하게 술렁이는 그림자 역시 물러나겠지만 누가 가르쳐주지도 않은 비밀을 우리는 잘 알고 있었다. 촛불이 사라지면 우리의 기다림 또한 더욱 지루하게 이어지리라는 것을. 동화 속의 늑대처럼 지붕을 할퀴며 으르렁거리는 바람의 무시무시한 효과음도 그저 냉기로만 가득찬 바람소리로 변하고 말리라는 것을. 그리하여 머리끝이 쭈뼛 서는 유령 이야기에 진저리를 치면서도 창문 틈으로 새어 들어오는 바람에 훅, 불이 꺼지기라도 할까봐 우리는 촛불을 빙 둘러싸고 길고 긴 그 밤을 지켰다. 그때는 몰랐지만 그날 우리 남매들을 지켜준 것은 바로 그 촛불이었다.

지금도 나는 그 옛날처럼 초가 켜진 창문을 보면 누군가의 눈동자를 들여다보듯 이끌리는 버릇을 갖고 있다. 누구의 눈을 이처럼 순정하게 마주볼 수 있다면 좋으련만, 어쩌면 나는 이제 그 누구의 눈 속으로도 들어갈 수 없는 청맹과니가 돼버렸는지도 모른다. 켜져 있으나 차갑게 식어버린 불. 더는 꿈꾸지 않는 불. 아니, 오래 전 나는 네가 내 늦은 귀가를 위해 켜던 촛불을 알고 있다. 나만큼이나 초를 좋아하는 너는 초와 함께 있으면 잃어버린 시간들이 살아나는 듯하다고 하였다. 가령, 너는 여학교 때 교정의 희말라야시다 아래서 누구인지도 모를 어떤 대상을 그리워하던 시간을 오래 잊지 못했다. 비록 내가 그때 네 그리움의 대상은 아니었을지도 모르나 나는 언젠가 내가 모르는 너의 소녀시절을 기억하고 있을 그 희말라야시다 아래 서 있고 싶었다. 희말라야시다 아래서라면 그리움이 하나의 결사가 되어 나는 아직 만나지 못한 너의 머리올을 스치고 지나가는 바람소리라도 들을 수 있을 것 같았다. 그때 너와 나는 서로를 몰라도 좋으리라. 그리움의 결사로 맑게 씻긴 하나의 촛불이 되어 타오르는 것만으로도 족하리라.

내가 잃어버린 촛불 앞에 참회의 무릎을 꿇고 싶어진다. 한참을 머무르며 네 눈동자에 내 눈동자를 맞추고 있으면 곁을 떠나질 못하는 자의 부르튼

내면에도 비로소 촛불이 켜진다. 그 속에서 타오르는 심지는 아직 만나지 못한 희말라야시다의 뿌리처럼 존재의 깊숙한 곳으로 나를 인도한다. 바닥이 보이질 않는 심연으로 까마득히 꺼져내리는가 하면 어느새 불꽃은 심지 끝으로부터 아득히 도약하고 있다. 하강하는가 싶으면 도약하고 도약하는가 싶으면 하강하는 촛불의 춤과 함께 내 안에서도 그동안 잊고 지낸 리듬이 살아난다. 이 리듬 속에 있는 동안은 자초한 외로움도 견딜 만한 것으로 바뀐다. 내 유년의 유령처럼 저만치 물러나 있던 어둠도 불빛 가까이 다가와 경계를 허문다. 네가 떠나버린 뒤 어둠을 추방해버린 전깃불 속에서의 내 기다림은 얼마나 창백했던가. 꿈꾸는 자는 거울처럼 명백한 사물보다 끝없이 솟아오르며 생동하는 샘물을 편애할 수밖에 없는 것. 그 샘물의 영혼이 불로 옮겨간 것이 저 촛불이 아닐까. 수묵의 농담처럼 서로가 서로에게 스며드는 이 따듯한 기운이 우리의 유년을 지켜주던 눈빛이었으며 상실의 고통을 달래주던 노래였음을 안다.

몇 해 전 나는 마침내 한 자루의 초가 되었다. 영세를 받던 날 암 투병 중인 대부 김형영 스테파노가 초에 불을 붙여 내게 건네주는 차례가 왔다. 나는 전날 밤까지 6개월 교리공부를 백지로 돌리는 유혹에 시달렸다. 영세로 바뀌는 게 과연 뭐가 있을까 싶었다. 대부 스테파노는 내 속마음을 다 읽은 듯 산란하는 촛불을 훅 불어 껐다. 불이 꺼지자 얼른 그을음 연기가 나지 않도록 엄지와 검지를 혀로 가져가더니 침을 묻혀 치지직 심지를 잡았다 놓았다. 그러고는 나직이 들려주었다.
"영세식 날의 초는 평생을 쓰는 겁니다. 이 초와 함께 살다가 죽기 전 머리맡에서 기도를 올리고 마지막을 함께 하십시오. 그런 믿음이 우리를 정화시킬 것입니다."

그리고 몇 해가 흘렀다. 특별한 기도를 올릴 때만 썼는데도 몇 년 사이 내 생명의 심지는 몇 센티가 줄어들었다. 자로 재보니 남은 양초의 크기가 한 뼘이 채 되지 않는다. 초가 짧아질수록 내 목숨도 그만큼 줄어들고 있다고 생각하면 서글프기 짝이 없지만, 초와 함께 지금 내가 이 순간을 온전히 켜져 있다고 생각하면 슬플 것이 하나 없다. 암 선고를 받고 여러 해 절벽 끝에 있었던 대부 스테파노의 체액이 촛불 심지를 타고 오른다. 이제 나는 한 자루의 초다. 초에 불이 켜지면 내 고독도 함께 켜지고, 타들어가는 심지를 따라 내 생명의 숨결도 조금씩 사위어가고 있음을 안다.

박미경 • 갤러리 류가헌 관장

이름에 '자유'가 들어가는 것에 반해, 기업체 홍보실을 그만 두고 자유기고가가 되었다. 여러 매체에 글을 쓰는 자유기고가로, 편집자로 일했다. 현재는 사진위주 류가헌의 관장으로 전시기획을 포함한 류가헌의 살림을 '관장'하고 있다. 여전히 글을 쓰며, 사진과 그 주변부에 큰 관심을 두고 생활하고 있다.

일상으로부터 벗어나 오롯이 혼자인 상태에 잠시 놓이고 싶었다.
몸 밖의 범위가 모두 낯선 상태가 되면,
스스로가 뚜렷이 보일 지도 모른다는 생각이 들었다.

내가 나에게 준 선물, 까미노 데 산티아고 순례길

박미경 • 갤러리 류가헌 관장

걸어서, 피레네산맥을 넘었다. 봉우리를 넘고, 빽빽한 숲길을 지났다. 지천으로 꽃이 핀 들판을 가로질렀다. '까미노'는 프랑스에서 시작해 스페인 지도 상부에서, 서쪽으로 한 줄기 깊게 팬 주름살처럼 이어졌다. 너덜길을 걸을 때는 한걸음씩 돌들과 같이 내려왔다. 강가를 지나고, 시든 해바라기와 영근 포도밭 사이를 지났다. 길을 잃었다 싶을 때면, 불안보다 먼저 노란 화살표가 나타나 나를 다독였다. 인생길에도 저런 화살표가 있어주면 좋겠다는 생각을 했다.

모든 길의 풍경은 걸음의 속도로 열렸고, 주변의 사물들은 천천히 외돌아 섰다. 길에는 오직 걷는 이들만이 알아볼 수 있는 작은 표정들이 있었다. 돌 틈새의 꽃, 물웅덩이에 담긴 하늘, 흙길을 가로지르는 민달팽이… 그것을 보는 일이 좋았다. 배낭에 매단 흰 조가비*처럼 달랑거리며 걸었다. 여름의 끝자락에서 가을의 시작으로, 걸어서 갔다. 오른 발목과 무릎에 통증이 시작됐다. 한걸음 발자국을 떼었다 놓을 때마다 배낭의 무게가 날카롭게 전해졌다. 이후의 날들은 어기적 걸음으로 걸었다. 커다란 검둥개를 만나 놀라기도 하고, 더 큰 어둠을 만나 헤매기도 했다. 천 년 전에 난 길. 맨 처음 누군가 이 길을 걷기 시작한 이래, 사람들의 발걸음에 의해 깊어지고 넓어졌을 것이다. 그 무수한 발자국들로 다져진 길에 내 발자국을 포갰다. 지평선이 휘어 보일 정도로 광활한 메세토 평원을 지날 때는, 무정한 풍경 앞에서 알 수 없는 유정함에 휩싸였다. 먼저 세상 뜬 지인들의 이름을 하나하나 호명해 바람결에 놓아주었다. 눈물도 몇 방울, 함께 흩어졌다.
갈리시아 산악지역에서는 연일 거센 비바람이 불었다. 배낭까지 우비를 덮어 쓴 채, 들이치는 빗줄기 때문에 고개를 숙이고 걸었다. 도토리들한테 꿀밤을 맞았다. 시야가 발 아래로 좁아지자, 외부가 사라지고 시선이 내부로 향했다. How come...

'있다가 없는 것, 보이다가 안 보이는 것, 견딜 수 없네'라는 시** 구절을 나는 지금도 못 견뎌 한다. 마흔 중반에 접어들면서, 주변에서 하나하나 사람들이 사라져갔다. 갑작스럽거나 예정된 부고들이 잦아졌다. 칠순을 넘긴 부모는 쇠약해져가는 정도가 볼 때마다 눈에 띄고, 폐경의 씁쓸한 심경을 토로해오는 친구도 생겼다. 처음 흰머리 염색을 시작한 게 올해였다. 나이 들어가는 나를, 좀 멀리 떨어져서 바라보고 싶었다. 갤러리 문을 열고 5년 여 동안, 숱한 전시를 진행하며 살림을 꾸렸다. 집안 살림까지를 포함해, 일상으로부터 벗어나 오롯이 혼자인 상태에 잠시 놓이고 싶었다. 몸 밖의 범위가 모두 낯선 상태가 되면, 스스로가 뚜렷이 보일 지도 모른다는 생각이 들었다.

까미노를 '기나긴 성전'이라고도 부르지만, 종교적인 신심이 있어서는 아니었다. 일상으로부터 멀어질 수 있는 장거리 여행지로 문득 그곳이 떠올랐을 뿐이다. 친구로 시작해 부부가 된 남편은, 여전히 친구이기도 한 아내의 장기 여행을 이해해주었다. 떠나기 전날에는 짐 꾸리는 걸 도와주다 말고, 체중계 위에 배낭을 맨 채 올라서게 했다. 이 무게를 잃지 말고 돌아오라는 말이, 따뜻했다.

한 달 넘는 기간 동안, 프랑스 생장 피에르 포드에서부터 스페인 산티아고 데 콤포스텔라까지 총 775km를 걸었다. 다리를 절며 종착점인 '산티아고 대성당'에 들 때, 누군가 이런 말을 들려주었다. 처음 피레네를 같이 걷기 시작한 사람들 중 25% 만이 이곳에 도착한다고. 너는 포기하고 되돌아가거나 차를 타고 건너뛰거나 배낭을 실어 보내지 않고 이곳에 온 한 사람이라고... 위무의 손길처럼, 순례자들의 머리 위로 커다란 향로***가 흔들렸다.
걸으면서 한 발짝 한 발짝씩 뒤로 밀려나던 길들은, 이제 그렇게 밀려서 내 안에 겹겹이 접혀있다. 발목부위 어디쯤에 잔 근육의 형태로든, 기억의 어느 주름골 사이에든.
까미노는 내가 나에게 준, 가장 혹독하고도 아름다운 선물이었다.

* 흰 조가비 • 성 야고보의 상징이 조가비인데, 까미노 데 산티아고를 걷는 순례자의 상징물로 쓰인다. 시작점인 생장 피에르 포드 순례자사무소에서 순례자여권과 함께 주어지며, 배낭에 이 흰 조가비를 매달고 걷는다. ** 정현종의 시 〈견딜 수 없네〉 *** 향로 • 산티아고 대성당에서는 종착지에 도착하는 순례자를 위한 미사가 매일 열린다. 천정에 매달린 커다란 은향로에 향을 피워서 성직자들이 줄을 잡아당기면 향로가 순례자들 위로 흔들리며 오간다. 처음엔 방역을 위해 시작되었지만, 지금은 까미노를 마친 순례자들이 반드시 참관하는 순례길의 성스러운 마침표로 여겨진다.

는 너 밖에 몰라…

아내가 영원히 간직하고 싶은 선물

김미화 • 방송인. 개그우먼

현재, 웃기고 싶은 코미디언. 삶이 너무 진지해지지 않았나 고민 중. 중년으로 가는 마차를 타고 신나게 달리는 중. 언제 도착할지 모르지만 언젠간 목적지에 도착만 하면 되는 느긋한 남편 덕에 브레이크 페달 열심히 밟는 중인 아내.

뭔가를 원하게 되면 시험하지 않고 바로 얘길 하죠.
그러면 서로가 편안해요.
사랑하는 이를 편안하게 해주는 것도 사랑이니까.

아톰인형

김미화 • 방송인. 개그우먼

입을 앙 다문 표정에 커다란 눈망울로 생긋 웃고 있는 소년, 누굴 떠올리셨어요? 한 가지 힌트 더 빨간 장화 까만 팬티. 이제 생각나셨어요? 아톰입니다. 콧방울과 볼따구니가 야무지게 생긴 로봇 소년 아톰. 제 생일에 남편에게 사달라고 요구했던 선물이에요. 왜 여자들이 좋아하는 다이아반지도 아니고 그렇다고 명품백도 아닌 아톰이냐고요? 다이아몬드나 금반지는 살림살이 궁해지면 팔 수도 있어서 선물이란 느낌보다는 비상금이란 생각이 드는데 얘는 그렇지 못해서 오히려 더 선물 같아요. 하하 농담이고요. 이 아톰인형을 보고 있으면 힘과 용기가 솟아나요. 어떻게요? 귀여우면서도 정의를 위한 결연한 표정을 보고 있노라면 마음이 고요해지고 그 안에서 용기가 말을 걸어오죠. '그래 저렇게, 순수한 눈빛과 결과에 연연하지 않고 현재의 도전 앞에 당당한 자세를 보여야 해.' 하고 말이죠.

아톰이 언제 태어난 줄 아세요? 1952년에 처음 만화로 연재됐고 우리가 아는 애니메이션으로는 63년도에 방영되기 시작했대요. 더 놀라운 건 아톰이 그려졌던 배경이 된 미래가 바로 2003년도에요. 어떤가요? 나아진 것은 별로 없는 것 같고 여전히 씩씩한 소년 아톰의 출동을 바라며 살고 있지 않나요? 아톰이 만들어 진 나라 일본, 지금 일본은 사토리족이라는 별명을 갖고 있는 젊은 층이 점점 늘고 있다고 해요. 사토리족이란 '깨닫다'라는 뜻의 사토리에 족(族)이 붙어서 만들어진 용어에요. 뜻만 보면 그럴싸해 보이지만 안을 들여다보면 실상은 그렇지 못해요. 잃어버린 20년이라는 일본 경제 상황을 대변하듯 젊은이들이 더 이상 꿈을 꾸지 않고 그저 현재에 만족하며 바뀔 수 없는 환경을 담담히 받아들이고 산다는 거예요. 그게 뭐에요? 지금 이 순간 필요한 건 우울한 현실에 대한 절망적 안주보다는 당당히 일어서서 마주하는 도전정신이 더 필요하지 않을까 생각해서 하는 말이에요.

제가 졸라서 다 큰 어른들이 애들 들락거리는 장난감 가게에 갔어요. 처음 들어갈 때는 어색했는데 막상 들어가니까 동심이 확 끓어오르는 거 있죠? 어른들이 무슨 동심이 필요하냐고 말하는 사람도 있겠지만 어른들이야 말로 동심이 필요해요. 지칠 줄 모르는 끈기는 우리 어른들보다 아이들에게 더 많아요. 그리고 아직 우리 내면에 그게 남아있어요. 아톰은 그 큰 눈으로 실은 우리 내면에 있는 동심을 보고 있는지도 몰라요. 일어서서 맞서 싸우라고. 포기하지 말고 힘을 내라고. 그래서 선물로 찜했죠.
아 근데 아톰 장난감 코너에 가 보니까 수십 종류의 포즈가 있는 거예요. 엉덩이 따발총을 쏘고 있는 자세 등 너무 많아서 아주 신이 났었죠.

거수경례하는 아톰의 팔을 밑으로 내리니까 꼭 '어서 옵쇼!' 하는 것 같아서 얼마나 웃었는지. 그래요 웃어야 해요. '웃어서 행복하다'라는 말이 있잖아요.

위험에 처한 사람들을 구하는 아톰, 웃음을 잃어버린 사람들에게 미소를 되찾아주는 코미디언. 그래서 제 꿈이 여섯 살 때부터 초지일관 코미디언이었어요. 사실 저희 아버지는 폐병환자셨어요. 어린 나이에 정 붙일 뭔가가 필요했고 나를 기쁘게 해 줄 아톰 같은 존재를 늘 꿈꿨었죠. 그런데 코미디를 보니까 웃겠더라고요. 재미있는 캐릭터들이 뿅 하고 사라졌다가 다시 나타나서 웃겨주니까. 만화적인 상상력이 현실에서도 가능한 장르가 바로 코미디에요. 뽀빠이가 시금치만 먹고 코끼리 같은 힘으로 악당을 제압하는 장면이나 다소 과한 억지도 개그로 승화시킬 수 있는 무대. 그게 바로 코미디언이 서 있는 무대랍니다.

참, 그래서 아톰 샀냐고요? 그럼요 샀죠. 지금도 다이아반지 말고 아톰 고른 것 후회 안하냐고요? 절대 안합니다. 제가 받은 선물 중 가장 미소 짓게 만들어준 선물이에요.

마지막으로 한 마디만 더 할게요.

'사랑하는 사람을 시험에 들게 하지 말라.'

저도 얼마 전까진 나를 얼마나 사랑하나 테스트해보고 싶어서, 생일날이나 기념일에 어떤 선물을 사오나 눈여겨봤었죠. 근데 가만히 보니까 남편을 시험하는 제 모습이 보이는 거예요. 상대방에게 내가 원하는 걸 알게 하고 또 그가 원하는 걸 알고 싶어 하는 것, 서로 알아주고 이해하는 게 사랑인데 아차 했죠. 이제는 뭔가를 원하게 되면 시험하지 않고 바로 얘길 해요. 그러면 서로가 편안해요. 사랑하는 이를 편안하게 해주는 것도 사랑이니까. 그래서 남편에게 '아톰을 사 달라! 저거 하나 사주면 10년이 편안하다.' 이렇게 대 놓고 얘기했어요. 그 아톰이 지금 거실 피아노 위에 있어요. 그 위에서 우리 집에 찾아온 손님들에게 씩씩하게 거수경례를 하고 있죠. 자 어때요? 아톰처럼 고군분투하고 있는 자기 자신에게 또 소중한 옆 사람에게 희망의 거수경례하고 싶지 않으세요?

신현주 • 대안학교 〈쉐마〉 교감

기차길 옆 작은 집에서 태어나 아름다운 자연 속에서 성장했다. 진리를 찾고 싶어서 성균관대학 물리학과를 진학했는데, 인생의 참 길을 찾다가 스물네 살에 성경을 읽던 중에 기독교인이 되었다. 지금은 수원에 있는 작은 기독교 대안학교인 '쉐마학교'에서 '제자사랑'을 배우고 있으며, 느지막하게 사랑하는 남편과의 사이에서 예쁜 딸을 가슴으로 낳아 부모됨을 배우고 있다.

어머니는 절대로 안경 쓴 사람과 결혼해서는 안 된다고 하셨다.
나는 개의치 않고 엄청 시력이 안 좋은 분을 좋아하게 되었다.
편지쓰기 좋아하는 한 여자 때문에 지극히 남성적이고 이성적인 한 남자가
지금은 더 멋진 편지글을 쓰고 있다.

어머니는 절대로 안경 쓴 사람과 결혼해서는 안 된다고 하셨다

신현주 • 대안학교 〈쉐마〉 교감

나는 스물아홉에야 진짜 데이트를 시작했다. 대학 졸업 후 5년 간 이성 친구를 사귄 적이 없었다. 그 당시 나는 결혼에 대한 생각을 접고, 내 일에 몰입하며 분주한 나날을 보냈다. 데이트 할 시간도 내지 못했고, 거기다가 정말 괜찮은 남자를 만난다는 것도 전혀 기대하지 않았다. 그러던 어느 날, 지인으로부터 한 사람을 소개받았다. 아무나 만나고 싶지 않았던 나이였기에 한 달 동안이나 생각하고 생각한 후 만남에 응했다. 내 나이 삼십 세가 되기 바로 한 달 전에 만났던 멀쑥한 차림에 안경을 쓴 그 사람이, 이년 후 같은 이부자리를 사용하고 한 밥상에서 밥을 먹는 사람이 되었다. 생각하면 우스운 이야기겠지만, 그때 어머니는 절대로 안경 쓴 사람하고 결혼해서는 안 된다고 하셨지만… 나는 개의치 않고 엄청 시력이 안 좋은 분을 좋아하게 된 것이다.

지금이야 사람들이 이메일이다, 카톡이다 해서 애써서 편지 쓰는 일이 거의 없지만, 내가 20대였을 때는 예쁜 편지지에 정성껏 마음을 담아 우체통에 넣는 일들이 종종 있었다. 특히 나는 말보다는 글로 깊은 마음을 표현하기 즐기는 사람이었기에 직장 근처 팬시점에서 예쁜 편지지와 편지봉투를 수집해 놓곤 했었다. 그동안 괜찮은 편지지는 꽤 모아두었지만, 딱히 내 마음을 담아 줄 사람은 없었던지라, 책상 서랍 속에는 외로운 편지지들이 쓰임받기만을 고대하고 있었다. 그 만남 이후, 신기하게도 이성에 대해 얼어 있었던 내 마음은 봄눈처럼 녹아내렸고 나는 다시 소녀의 심정으로 예쁜 편지지에 내 마음 자락까지 깨알 같은 글씨로 적어내린 후 데이트 하는 날, 헤어질 때 반드시 편지를 건네곤 했다. 되돌아보니, 우리의 만남은 그 시대에도 일반적이지 않았던 것 같다. 2주마다 월요일 퇴근 후에 시외버스를 타고 30분 정도 떨어진 작은 도시의 한 레스토랑에서 우리는 만났다. 그것도 2년 동안이나... 우리 두 사람은 결혼을 발표하기 한 달 전까지 친구들과 후배들 그리고 이웃조차도 전혀 눈치 못채도록 모든 것을 비밀에 부쳤다. 결혼 발표를 했을 때, 주변사람들은 배신감을 느꼈다고 했다. 우리가 만날 수 있는 시간은 고작 2시간 정도였기에 나는 얼굴을 맞대고 다 할 수 없었던 내 마음 속 이야기를 편지에 적었다. 결혼 전에 그가 3개월간 일본에 파견근무 가 있는 동안에도 나는 편지를 썼다. 내가 한 달간 러시아를 방문해 있을 동안에는 편지지 대신 일기장에 편지글을 적었다. 2년 동안 내가 50통의 긴 편지를 그에게 전달하는 동안 그는 10통이 채 안 되는 답장을 건네주었지만, 나는 전혀 불만이 없었다. 답장을 기대하고 쓴 편지가 아니었기 때문이다. 그 당시 나는 인생의 고민뿐 만 아니라 미래를 함께 말할 수 있는 친구가 생겼다는 그 사실 하나만으로도 너무도 행복했었다. 지난 30여 년 간 꼭꼭 감춰 둔 내 마음의 이야기보따리를, 내 보물들을 하나하나 들어주는 그 사람이 고마웠다. 편지는 그에게 건넨 내 인생

최고의 선물이었다.

결혼 후에도 나는 가끔 남편에게 편지를 썼다. 몇 년 후에 등장한 이메일로 편지글을 쓰기도 했지만, 남겨둔 예쁜 편지지에, 다 못한 이야기, 미안했다는 이야기, 속상했다는 이야기, 좋은 글을 보고 감동받은 이야기...등을 담아서 출근하는 남편의 가방에 찔러 넣곤 했다. 이 이야기도 50통 정도 된다. 언젠가는 모아둔 우리들의 이야기들을 책으로 내자고 농담처럼 주고받았지만. 둘 중 누구라도 무덤에 가기 전에 과연 실현될 수 있을지는 미지수다. 그렇지 않은 들 어떠리. 우리는 서로의 이야기를 들으면서 그 선물로 충분히 기뻤는데.
결혼 20주년을 맞이했을 때, 우리는 학교일 때문에 필리핀을 방문 중이었다. 가까스로 시간을 내어 우리는 운치 있는 한 카페에 들어가서 편지를 쓰고 그 자리에서 서로에게 그 편지를 읽어주었다. 그때, 아주 적당한 배경음악을 카페에서 들려주었던 기억이 난다. 편지쓰기 좋아하는 한 여자 때문에 지극히 남성적이고 이성적인 한 남자가 지금은 더 멋진 편지글을 쓰고 있다.

값비싼 옷이나 보석을 선물로 받는 것보다도 나는 깊은 마음을 담은 편지를 가장 값진 선물로 여긴다. 지나온 20년 간 받은 편지는 너덜해진 우리의 편지함에 고이 모아두었지만, 결혼반지는 벌써 3번이나 잃어버리고 아예 남아있지도 않다.
이 글을 쓰다 보니, 몇 년 간 남편에게 편지다운 편지를 거의 못 보낸 것 같다. 지난 5월 11일 남편 생일에 시원한 여름바지 하나 사 준다 야단법석을 떤 일 말고는 생일카드 한 장 변변히 주지 못했던 것 같다.

늦은 나이에 두 살짜리 딸을 둔 아줌마가 되니, 내 정서가 남성화되어가나. 안되겠다, 다시 소녀 같은 애틋함으로 편지지에 내 마음을 담아야지. 내 인생 최고의 값진 선물을 절대로 놓치지 말아야지.

전가경 • "사월의 눈" 출판사 대표

유년시절의 반 이상을 독일, 오스트리아, 스위스에서 보냈다. 고3 초 한국에 귀국했으나 매우 힘든 적응기간을 버텨야만 했다. 독어를 조금 한다는 이유로 독문과에 입학했으나 문학의 심상을 표현하는데 더 관심이 있다 보니 뒤늦게 시각디자인을 공부했다. 사진과 책을 좋아해서 현재는 사진책을 만들고 있다. 눈매는 아빠를 닮고, 코와 입술은 엄마를 닮은 딸이 하나 있다.

막 시작하는 설익은 연애는 속마음을 그대로 드러내지 않는다.
그림은 설레이는 가벼움이었고, 글자는 살아 나가야 하는 무거움인가.

천천히 오세요

전가경 • "사월의 눈" 출판사 대표

1.

그에 대해 새롭게 알게 된 것은 그의 고향인 전주에 놀러갔을 때였다. 그는 유년시절에 자신이 통학했던 길을 보여줬고, 학교가 끝나면 종종 들렀다는 서점을 구경시켜 줬다. 그러곤 그곳 간판 글자가 멋지지 않느냐며 너스레를 떨었다. 붓으로 쓴 검은 색의 네 글자 한글 서예가 아주 당차 보였다. 그 간판에 쓰인 글자가 여태명 선생의 작품이라는 설명을 덧붙였다. 전주를 걷거나 자동차를 타고 다니며 그는 종종 그런 한글 서예 간판들을 가리켰다. 한때 그는 간판 글자들을 관찰하곤 했던 전주의 청년이었다.

2.

나는 그것을 그림편지라고 부르겠다. 그는 종종 나에게 그림편지를 보내왔다. 그 편지엔 검정 붓펜이나 볼펜으로 쓰인 문장 몇 구와 그림이 있었다. 손바닥만한 메모지에서부터 4절 스케치북까지, 그는 그림편지를 써서 나에게 선물했다.

회사에서는 맛난 커피를 먹고 싶다고 내가 투정을 부렸던 모양이다. 며칠 후 업무를 보던 오전 중 그로부터 메일 하나가 왔다. 스캔한 그림편지 하나가 첨부되어 있었다. 그곳엔 일회용 맥심 믹스커피봉지 하나와 커피메이커 그림이 그려져 있었다. "맥심보다는…"이라는 손글씨와 함께.

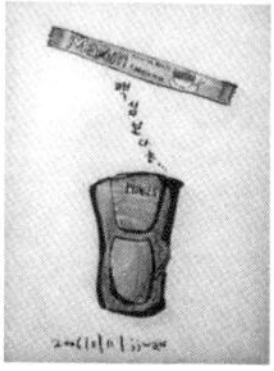

오후가 되었다. 소포 상자 하나가 사무실로 배달되었다. 그가 보낸 일인용 커피메이커였다. 오전에 그림편지에서 보았던 커피메이커였다. 그림 속 사물이 실물이 되어 내 손에 들려 있었다.

그와의 데이트가 약속된 날이었다. 일을 마친 나는 버스를 타고 약속장소로 향했다. 정류장에서 내리니 벤치에 앉아 뭔가를 긁적이는 그가 눈에 들어왔다. 그는 손바닥만한 수첩에 검은 펜으로 뭔가를 그리고

또 썼다. 늦는 나를 기다리며 그렇게 수첩과 펜을 꺼내들고 있었나 보았다. 그의 육성이 그대로 배인 그림과 글씨가 수첩 한 장을 가득 메우고 있었다. 그는 멋쩍게 웃으며 그림편지 한 장을 선물했다. 2006년 어느 6월의 그림편지였다.

붉은 사과들이 주렁주렁 달려 있는 사과나무 아래 어떤 남자가 여유롭게 누워 있다. 아마도 그 문구는 그림 속 남자의 입에서 흘러나오는 말일 것이다. 나에게 건네준 또 한 장의 그림편지. 설레는 만남 속에선 상투적인

것은 의심의 대상이 된다. 아니, 연애란 상투적인 수사에 속아주는 배려의 연속일지도 모른다. 막 시작하는 설익은 연애는 속마음을 그대로 드러내지 않는다.

3.

관악산에 위치한 그 학교에는 버들골이라는 곳이 있었다. 주변 야트막한 언덕에 작고 허름한 구내식당이 있었다. "글과 그림은 하나의 어원이라고 들었어. 문학을 전공하고 있는 가경이는 분명 미술을 할 수 있을 거야." 한번 문을 열면 다시는 돌아올 수 없는 세상으로 가버리신 선생님은 그렇게 나를 격려해 주셨다. 식당 테이블 위 흰 종이. 그 위에 선생님이 적어주시는 '글'이라는 단어와 '그림'이라는 단어를 유심히 살펴본다. 낱말에 있는 자모 'ㄱ'과 'ㄹ'에 동그라미를 그린다. 글이 그림이 되었을까, 그림이 글이 되었을까. 두 낱말 속 두 자모의 반복이 동일한 어원에 대한 심증을 믿음으로 바꿔놓는다.

4.

2009년 5월 28일. 머리에 두건을 한 어느 여인네가 소니 바이오 컴퓨터를 켜놓고 뭔가 작업을 하는 모양새다. 작업에 심취해 있는 모습은 아니다. 약간 옆으로 흘긴 눈초리가 초조해 보인다. 그 여인네 앞으로 기어가는 아이 한 명이 있다. 어설프게 뒤틀린 두 다리와 상체가 이제 막 기어 다니려는 아기의 모습을 잘 포착한 것 같다. 아이는 초조해 하는 여인네를 바라보고 있는 듯하다. 글자 없는 이 그림에서 여인네는 아기의 엄마일 것이라고 단정해 버린다.

어느 생일날. 그는 나에게 엽서를 썼다. 그날도 그림과 함께 하는 편지가 부수적 선물이었다. 앞면에는 볼이 토실하게 튀어 나온 어느 아기의 그림이, 뒷면에는 검정 펜으로 쓴 글귀가 적혀 있다. 생일날 그는 그와 나의 아이를 그려 나에게 그림편지를 선물했다. 짱구와 같이 볼이 툭 튀어나온 그림 속 아기는 긴 속눈썹을 자랑하며 단잠에 빠진 모습이다. 오랜만이었다. 그의 그림편지. 그와 함께 하는 시간들과 그가 나에게 보내는 그림편지의 수는 어느새 반비례의 관계가 되었다. 이제 그의 그림편지는 일상이기 보다는, 매우 특별한 날의 이벤트가 되었다. 그리고 그의 그림편지는 어느새 글로 빼곡한 편지가 되어 있었다.

5.

그림은 설레는 가벼움이었고, 글자는 살아 나가야 하는 무거움인가. 그림과 글은 음성 곧, 우리 목소리의 또 다른 시각화이자, 추상적인 관념의 구체화가 아니었던가. 그래서 상관없다. 그것이 글로 된 편지이든, 그림이 들어간 그림편지이든, 그의 육성이 시각화된 이상 그것은 소중한 선물이다.

남편이 잊지 못하는 선물

이희수 • YTN 프로듀서

삶은 다큐다. 20대 때 그 누구에게도 주목받지 못했던 그때. 영상 안에 행복한 엔딩을 만들고 싶었다. 30대 때 삶은 편집되지 않는다. 그래서, 스스로 하는 기록을 접었다. 이제 내가 아닌 타인의 삶을 담는다.

대학교를 졸업할 때쯤 더 이상 신나는 일은 일어나지 않았다.
진짜 눈앞의 현실. 졸업과 함께 취업문제로
난 불안했고
그 불안감은 평소에 찾지 않는 도서관을 찾게 만들었다.

알퐁스 도데의 별

이희수 • 프로듀서

중학교 때 나는 서울시 강북에서는 꽤 알아주는 날라리였다. 또래 친구들에 비해 딴따라 기질이 충만하여 학예회나 장기자랑 대회에서 춤과 노래로 주목받는 아이였다. 그러다보니 항상 주변에는 일진 또는 문제아라 불리는 친구들이 가득했고 자연스럽게 성적은 늘 밑바닥을 맴돌았고 어머니는 학교와 파출소(지구대)를 번갈아 다니셔야 했다. 1994년 고1 때는 음반 제의가 들어왔고 '아이돌'이라는 단어조차 없던 시절 난 17세에 데뷔를 하며 가수의 꿈을 키우게 되었다. 하지만 기회를 얻었을 뿐, 나는 아무런 준비도 노력도 하지 않은 사춘기 철부지였다. 무대는 어둡고 즐겁지 않았고 두려운 곳이 되었다. 결국 데뷔 6개월 만에 방송을 접었지만 난 요단강을 건넌 것처럼 평범한 고등학생으로 돌아갈 수 없었다. '한순간 사라져 버린 허망한 꿈' '다시는 꿈 따위는 꾸지 않겠다' 다짐하며 대학 진학을 했다.

비싼 등록금을 지불하는 만큼 대학은 내가 마음껏 놀 수 있는 안전장치가 되었고, 하루하루 어떻게 놀까를 고민하며 대학생활을 보냈다. 그러던 언제부터인가 함께 놀던 친구들은 취업전선에 목숨 걸 준비를 하고 있었고, 다들 꿈을 이루고자 인생을 설계하기 시작했다. 바닥을 친 성적도 그렇고 아무 꿈도 없는 내겐 먼 이야기였다. 꺾이고 말았던 꿈, 고등학교 때의 일만 자꾸 떠올랐다.

F학점 8개, 학사경고 3번, 24학점 빵꾸… 대학교 4학년 졸업반 내 성적표. 난 신나게 살 것이라고, 그런 허황된 꿈을 목표로 잡았다. 그런 내 모습에 친구들은 거짓말 같은 소리를 한다며, 거짓쟁이 양치기라 불렀다.

대학을 졸업할 때쯤 더 이상 신나는 일은 일어나지 않았다. 그 무엇을 해도 삶은 무료했고 즐겁지 않는 시간이 왔다. 진짜 눈앞의 현실… 졸업과 함께 취업을 걱정할 시기가 온 것이다. 난 불안해했고 그 불안감은 평소에는 찾지 않는 도서관을 찾게 만들었다. 그렇게 찾은 도서관에서 우연히 한 여자후배를 만났다. 말수가 적었던 그 후배는 의외의 장소에서 본 내가 반가웠는지 말을 걸어왔다. 평소와 달리 서로에 대한 이야기를 나눴고, 후배는 자연스럽게 본인의 진로에 대한 고민을 털어놓았다. 내 코가 석자였던 나는 그녀보다도 더 많이 고민을 털어놓았다. 지금까지 난 아무런 꿈도 없이 대학생활을 했고, 성적은 밑바닥이고 지금껏 양치기 같은 거짓말로 자신을 합리화하며 혼자만의 착각 속에 거짓 삶을 간 것 같다며, 대학생활 처음으로 그리 친하지도 않은 후배에게 진심을 털어놓았다. 그러자 후배는 의외의 대답을 하며 한권의 책을 추천하였다. 알퐁스 도데의 〈별〉 이란 책에 나오는 양치기를 알고 있냐는 것이었다. 거짓말쟁이 양치기는 쉽게 알아도 〈별〉 에 나오는 양치기는 조금 생소했고 뜬금없었다. 후배의 말에 따르면, 대학에서 지켜본 내 모습은 항상 밝고 꿈과 희망이 넘쳐보였다고 한다. '꿈이 없는데 무슨 꿈과 열정이 가득하지?' 모두가 취업과 미래에 대한 걱정으로 하루하루 즐겁지 않은 삶을 살아가는데, 나의 그런 모습이 보기 좋았고 그 모습이 왠지 알퐁스 도데에 나오는 순수한 양치기의 모습과 같아 보였다고 했다. '거짓말쟁이 양치기가 아닌 순수한 양치기'
신나게 놀 수 있는 것도, 어쩜 하루하루 보람찬 일과를 보내는 것과 같기에 나중에 어떤 일을 하든지 멋진 일을 찾아 즐겁게 할 수 있을 것 같다며 응원의 메시지를 건네고 자리로 돌아갔다.

난 오랜만에 찾은 도서관에서 처음으로 책을 대여했다. 알퐁스 도데의 〈별〉 한 장 한 장을 넘기며 만감이 교차했다. 분명 지금까지의 내 모습은 양치기 같은 삶을 살고 있었다. 허구와 허세, 거짓말 같은 희망으로 나를 합리화시켜 왔다. 하지만 이날 읽은 〈별〉의 양치기는 순수한 마음을 지닌 거짓말쟁이 양치기와는 정반대의 모습이다. 누군가는 나를 보며 그런 생각을 가질 수도 있다는 것에 놀라웠고, 거짓말로 긍정을 가장해 온 내 모순된 가치관은 그 후배가 진심으로 전해준 한 권의 책을 통해, 바로 〈별〉의 순수한 양치기를 통해 깨졌고, 나만의 꿈을 키울 수 있는 용기와 계기가 되었다.

'내가 가장 이루고 싶은 꿈은 거짓말 같은 꿈을 진짜 현실로 바꾸는 것이다.'
2002년, 난 마지막 학기 등록금 3백만 원으로 백만 원짜리 중고 카메라 한 대와 6mm테입(300개) 백만 원어치를 마련했고, 남은 백만 원을 가지고 하루도 빠짐없이 내 꿈을 기록했다. 3년 동안 100여 편이 넘는 영상을 제작하면서 '신나게 살고 싶은 꿈'은 거짓말이 아닌 진실이 되어갔다. 작지만 지킬 수 있는 하나의 목표를 가진 것만으로도 난 이미 꿈을 이룬 것 마냥 행복했고 그 꿈은 지금까지 더 새로운 꿈으로 계속되어 이어가고 있다.

난 현재 YTN의 방송PD로 근무를 하고 있고 매주 한겨레문화센터에서 영상강사로 사람들의 꿈을 기록하는 수업을 하고 있다. 그리고 도서관에서 나에게 〈별-양치기〉를 선물해준 애틋한 후배는 2002년 첫 영상물부터 지금까지 내가 만든 모든 영상물들을 빠짐없이 모니터해 주고 있다.(내 아내가 되었다)

유병록 • 시인

마음에 드는 구두가 생기면 매일 신고 다닙니다. 해가 바뀌도록 좋아하는 음악을 반복해서 듣습니다. 작년 겨울에 입던 외투를 다시 꺼내 입는 기분이 좋습니다. 낯선 사람을 사귀는 일보다 어제 만난 사람을 오늘 또 만나는 일이 즐겁습니다. 그리고 시를 씁니다. 시 쓰는 일도 크게 다르지 않아서 어제 썼고 오늘 쓰고 내일 또 쓰고 싶습니다.

목도리 속에 담긴 시간들, 풀렸다가 다시 완성되는
여러번의 시간과 우리가 함께 보냈던 시간이 전해져온다.
저 목도리는 하나이지만, 하나가 아니고 여럿이다.
목에 감으면 따뜻할 수밖에 없다.

목도리

유병록 • 시인

객지에서 대학생활을 하면서부터 자주 이사를 다녔다. 기숙사에서 일 년을 보내고 아는 형의 반지하 방에 얹혀서 또 얼마를 보냈다. 군대를 다녀와서는 옥탑방에서 몇 계절을 보냈다. 그 후에도 여러번 집을 옮겼다. 자주 이사하다 보니 무엇이든 쟁여두지 않는 습관을 들여야 했다. 작은 세간 하나 들이는 일에도 신중을 기했고 아껴두고 버리지 못한 것들도 이사를 할 때면 내놓을 수밖에 없었다.

집에 있는 것은 대개 '생필품'뿐이었다. 살아 있는 것은 나뿐이었고 나머지는 내가 살아가는 데 꼭 필요한 것들이었다. 추억도 짐이었고 마땅히 부려둘 만한 공간도 없었다.

추억은 혼자 있으면 쉽게 사라지는 법이어서 물성(物性)에 기대어 지속되는 일이 많고 추억이 어린 물건은 물리적인 시간을 감당하고 또 거스르면서 오래오래 간직된다. 그러나 내 곁에서는 모든 물건이 물리적인 시간 그대로를 살아야 했다. 연인에게 선물 받은 장갑은 구멍이 난 채로 한두 계절을 더 버텼을 뿐이고 신발가게 수십 곳을 돌아다닌 끝에 장만한 구두도 밑창이 떨어져나간 후에는 얼마 지나지 않아 버려졌다. 조끼가 그랬고 우산과 시계가 그랬다. 노트북과 책상과 스탠드가 그랬다. 예외가 하나 있기는 하다. 그것은 美의 선물이었다.

어느 초가을 무렵이었다. 美는 나에게 줄 목도리를 짜고 있다고 말했다. 겨울이 오면 목도리를 걸치고 눈 쌓인 거리를 걸어가는 꿈을 꾸었다. 그러나 첫눈이 오고 나서도 美는 목도리를 건네지 않았다. 그해 겨울의 마지막 눈이 내릴 때까지 목도리에 대해서 아무 말도 하지 않았다. 나도 묻지 않았다. 美가 목도리를 짜는 데 실패했다고 짐작했다. 아쉬웠지만 곧 잊었다. 더는 목도리가 필요하지 않은 계절이 왔으니까.
봄이 가고 여름과 가을이 가고 다시 첫눈 내릴 무렵이 되었다. 어느 날 美는 목도리를 들고 나타났다. 내 목에 돌돌 감아주었다. 우리는 손을 잡고 눈 쌓인 거리를 걸었던 것도 같다.
아끼는 마음이야 있었지만, 더욱 특별한 감정을 가지고 목도리를 애장하게 된 것은 선물로 받고 한참이 지나서였다. 美가 목도리를 짜겠다고 말하고 일 년이 넘어서야 나에게 건네게 된 까닭을 듣고 나서였다.

美는 가을 내내 목도리를 짰다. 처음이다 보니 오래 걸리기도 했거니와 여기저기 어설픈 티가 났다. 그래도 정성스러운 선물로 여겨주리라 믿으며 목도리를 챙겨 집을 나섰다. 그런데 문 앞에서 마주친 어머니가 그 어설픈 모양새의 목도리를 보더니 말없이 살짝 웃으셨고, 美는 종이가방을 가만히 내려놓았다. 목도리는 올올이 풀렸고 세 번 더 목도리가 되었다가 털실로 돌아간 후에야 그럴듯한 목도리가 되었다. 그러는 사이에 일 년이 지났던 것이다.

목도리는 겨울마다 내 목에 자주 감긴다. 목도리를 목에 걸 때마다 어렴풋하게나마 그때를 떠올린다. 목도리 속에 담긴 시간들, 풀렸다가 다시 완성되는 여러번의 시간과 우리가 함께 보냈던 시간이 전해져온다. 저 목도리는 하나이지만, 하나가 아니고 여럿이다. 목에 감으면 따뜻할 수밖에 없다.

신동환 • 시 쓰는 정신의학과 전문의

'시'를 사랑하고, '윤동주'를 사랑했다. 고등학교 시절 내 마음에 각인되었던 그 낱말들이 11월만 되면 어두워져가는 길거리의 모퉁이 가로등 조명처럼 마음 한 구석을 밝힌다. 지금의 의사로 살지 않았다면, 시인이나 어느 조그마한 축구팀의 코치가 되어 있을지도 모른다. 현재는 초등학교 2학년 아들에게 '성경'을 가르치는데 언젠가는 '시집'을 만들고 싶다. 멋진 '수필집'도 쓸 수 있다면......

그녀의 세심한 관찰과 배려에 대해 쑥스러워
표현을 못했지만 큰 감동을 받았다. 어쩌면 나는
'결혼을 하게 된다면 이 여자와 꼭 해야지!'라고 생각했다.

크리스마스 선물

신동환 • 시 쓰는 정신의학과 전문의

나는 1년 중 11월을 가장 사랑한다. 아마도 그 계절이 지니고 있는 그 특유의 차분함이 1년 내내 잊고 있던 마음 속 깊이 묻혀있는 중요한 추억들을 조심스럽게 끄집어내기 때문일 것이다. 그것은 여러해 전 이미 돌아가신, 헤아릴 수조차 없는 어머니의 사랑에 대한 그리움일 수도 있고, 고등학교 시절에 교실 서쪽 창문으로 저물어가던 해를 보며 읊조리던 시들일 수도 있고, 고향 밤나무에서 떨어지던 탱글탱글한 밤일 수도 있다.

올해 11월이면 아내와 결혼한 지 10년이 된다. 지금까지 어려웠던 경제사정과 아내의 정중한 거절로 미뤘던 온가족의 여행과 아내에게 특별한 선물을 주는 달이다. 아내가 중산층 여성이라면 누구나 하나쯤은 가지고 싶을 법한 명품백 하나 없는 것이 안쓰러워 아내를 여러 차례 설득하여 최종적으로 목걸이, 귀걸이, 팔찌, 반지 세트를 사기로 타협하였다. 아내가 그 보석매장에서 매장점원과 함께 거울을 보며 물건을 고르는 동안 나는 뿌듯한 마음으로 흥얼거리며 매장을 둘러보던 중 시계매장에 시선이 머물렀다. 그리고 나는 오랫동안 마음속에 묻혀 있던 선물과 연관된 소중한 추억을 떠올랐다.

1999년 초, 커피숍에서 한 여인을 처음 만났다. 그녀는 선하고 부드러운 눈매에 두꺼운 입술, 까만 피부를 가진 이국적인 분위기를 가지고 있었다. 간혹 보이는 장난꾸러기 같은 모습이 어우러져 묘한 매력을 풍기었다. 이상형은 아니었지만, 그녀의 밝은 표정과 순수한 마음에 위로를 얻으며 어느새 주말이 되면 나는 그녀를 만나러 병원을 나서고 있었다.
그해 크리스마스이브였다. 수원의 한 식당에서 그녀를 만났다. 그녀는 함박웃음을 보이며 크리스마스카드와 예쁘게 포장된 상자 하나를 나에게 꺼내 보였다. 그것은 그녀가 나에게 주는 크리스마스 선물이었다. 그 상자 안에는 은빛의 맑은 빛을 띠는 시계 – 나중에 알게 되었지만 약 20만 원 대 가격의 시계 – 가 있었다. 카드에는 이렇게 쓰여 있었다. "젤루 이쁜 자기야! Joyeux Nol et Bonne Anne(성탄절 및 새해 축하인사의 프랑스어 표현) … 글구, 이제부터는 기분 좋은 날만 가득할 꺼에요.
– 이쁘니 산타가 – " 의사라는 직업특성상 시계는 나에게 정말 중요한 필수품이었다. 당시 나는 임시방편으로 차고 다닌 1–2만 원대의 시계가 자주 멈춰 고생을 하고 있었다. 그 상황을 알아차린 그녀가 크리스마스 선물로 나에게 시계를 준 것이다. 그녀의 세심한 관찰과 배려에 대해 나는 쑥스러워 표현을 하지 못했지만 큰 감동을 받았다. 어쩌면 나는 '결혼을 하게 된다면 이 여자와 꼭 해야지!'라고 생각했던 거 같다.

수년이 지나서야 그녀의 경제사정으로 볼 때 시계선물은 자신의 전부

또는 소중한 부분을 내게 준 것임을 깨달았다. 당시 그녀는 아버지가 돌아가시고 집안의 사업이 파산하여 아주 어려웠음에도 나에게 시계를 선물한 것이었다. 만난 지 만 5년이 지나서야 나는 아낌없는 그녀의 사랑을 가슴 깊이 깨달았고 그녀에게 조용히 프로포즈를 하였다. 그리고 그녀는 지금 나의 아내가 되어 있다.

그 시계는 우리의 결혼식 때 더욱 중요한 역할을 해 주었다. 아내의 사정과 마찬가지로 나도 어린 나이에 사업을 시작했다가 실패한 터라 결혼자금이 턱없이 부족했다. 결혼식날도 그 시계를 찼고, 결혼 5년 후까지도 나의 손목에서 계속해서 은빛을 띠다가, 책상 속으로 옮겨졌다.

문득 책상 속으로 들어간 그 시계가 궁금해진다. 시계가 책상 서랍 속으로 들어간 이유는 단지 시계의 시간표시 라벨이 떨어져서다. 라벨이 떨어졌다고 시계가 생명을 다하는 것은 아니다. 사랑이라는 표현을 하지 않는다고 사랑이 사라지는 것은 아니다. 그렇지만 나는 '사랑한다.'는 말을 하고 싶다. 그 옛날 나같이 덜 떨어진 남자에게 배려 깊고 세심한 사랑을 보여준 그녀에게 '사랑한다.'고 말을 해서 그녀를 행복하게 만들어주고 싶다. 빠른 시일 내에 그 시계를 시계점포에 맡겨서 시계의 라벨을 다시 붙여야겠다.

이승하 • 시인. 중앙대 문예창작학과 교수

할 줄 아는 도락이 없고 재미있게 말하는 재주가 없는 무미건조한 사람이다. 운전을 할 줄 모르고 음식을 만들 줄 몰라 집에서도 대접을 못 받는다. 아내가 아무리 맛있는 반찬을 해주어도 밥을 한 공기 이상 먹은 적이 없다. 새벽까지 술 마시지 않아 문인들 사이에서도 인기가 없다. 랍티미스트를 좋아하는 아들이 사온 강아지 랍티와 잔다. 아침에 산보도 랍티와 하고 목욕도 시키고 밥도 주면서 모시고 산다. 얘가 죽으면 어떻게 사나, 벌써부터 걱정을 하고 있다고 한다.

가난한 연인의 가장 아름다운 순간을 기억나게 하는 값싼 약혼반지,
내가 땅에 묻히는 날이 오면 나와 함께 묻히리

가난한 연인들의 약속, 약혼반지

이승하 • 시인. 중앙대 문예창작학과 교수

나는 결혼반지가 없다. 결혼식 날 서로 시계를 손목에 채워주었기 때문이다. 그 대신 지금도 끼고 있는 것은 약혼반지다. 반지 안쪽에 새겨놓은 글자가 다 지워져 보이지 않지만 지금도 끼고 있으니 내 분신이나 마찬가지다. 직장생활을 하고 있어 조금 덜 가난한 여인이 지독히 가난한 내게 선물한 가느다란 금반지. 그녀는 한마디 상의도 없이 나를 학교 앞 금은방으로 끌고 갔다. 이미 주문을 해놓았는지 주인에게 돈을 지불하고 반지 두 개를 건네받았다.

그때를 생각하면 '궁핍한 시대의 시인'이라 제목을 붙인 어느 문학평론가의 글이 금방 떠오른다. 보릿고개가 사라진 지 오래이니 끼니를 거를 정도의 가난은 아니었지만 장가 갈 돈이 수중에 단돈 10만 원이 없었으니 말이다. 대학원 시절이었다. 조교 생활을 하면서 받은 월급을 모아 등록금을 내고 하숙비를 주고 나면 남는 것이 없었다. 게다가 도서 구입, 자료 복사, 논문 발간에 웬 돈이 그리 많이 드는지. 소도시

초등학교 앞 문방구점 자식이 대학원에 진학한 것이 무리였다. 사랑에 빠져 결혼식까지 하려고 했으니 무리가 아니라 완전히 모험이었다.

그 전해의 가을에 누이동생이 반년 동안 입원을 해 있어 매월 입원비가 들어갔는데 퇴원한 뒤에도 통원치료를 계속해야 했다. 아버지는 만년 실업자였다. 넉넉지 않은 집에 우환이 생겨 가세가 기운 터에 학비를 운위할 수 없었다. 내가 할 수 있는 최선의 방법은 휴학하지 않고 빨리 졸업하는 것이라 생각하여 3차 학기에서 4차 학기로 넘어가는 여름방학 때 논문 자료를 모으고 초고를 써 나갔다.
학교 옆 하숙집에서 도서관으로 출퇴근하는 나날이었다. 데이트 장소는 자연히 캠퍼스의 벤치거나 사람 많은 거리였다. 아내가 된 이가 나를 지금까지도 '이 세상에서 제일 재미없는 사람'이라고 부르는데 나는 아무 대꾸도 못하고 씩 웃고 만다. 용인 자연농원 · 과천 현대미술관 · 강화도 전등사 · 춘천 · 공지천 · 교외선을 타고 가다 내린 이름 모를 곳에 한 번씩 갔었던 것이 서울을 벗어난 데이트의 전부였고, 그나마 전부 그녀의 주선으로 이루어졌으니까.
허구한 날 방구석에 틀어박혀 책 읽고 글 쓰는 것을 크나큰 낙으로 삼고 살아가는 내게 연애는 큰 부담이었다. 부담이라면 빨리 끝내는 것이 상책이리라. 우리는 해가 가기 전에 결혼하자고 약속했고, 날짜도 양가 부모님께 상의도 드리지 않고 우리끼리 정해 허락을 받아냈으니, 두 사람 다 눈에 콩깍지가 씌었던 모양이다. 날짜를 11월 29일로 정한 것은 내가 영세를 받은 흑석동 명수대성당과 그녀가 영세를 받은 명동성당의 혼배미사 스케줄에 맞추다 보니 그렇게 되었다. 명동성당은 크리스마스 전까지 토요일 오후가 혼배미사로 꽉 차 있었던 것이다.

이런 와중에 약혼식을 우리끼리 했다. 양가 부모님께 “그간 이런 사람과 교제해왔으니 결혼을 허락해주십시오”라고 말씀을 드리기도 전인 9월의 어느 평일이었다. 그녀는 학교 앞 보석상에서 두 돈의 금을 사 금반지 두 개를 만들었다. 조금 굵은 반지의 안쪽에는 ‘혜윤 · 승하’라고 적혀 있었고, 조금 가는 반지의 안쪽에는 ‘승하 · 혜윤’이라고 적혀 있었다. 약혼식도 의식이니 증인이 있어야 하고 식장도 필요하다고 생각되었다.

우리는 스승의 시구 그대로 눈이 부시게 푸르른 날 오후에 명수대성당 2층의 예배실로 살그머니 올라갔다. 웬 아주머니 한 분이 제일 앞쪽에서 미사포를 쓰고 기도를 드리고 있었다. 가슴이 마냥 두근거리는 우리를 지켜보고 계신 분은 십자가에 매달린 앙상한 몰골의 예수상과 사랑의 실천을 변함없이 들려주시는 마리아 상, 단 두 분이었다. 우리는 두 분 증인 앞에서 기도를 드렸고, 죽는 순간까지 부부의 길을 가자고 약속했고, 반지를 서로의 손에 끼워주었다. 이 두 분이야말로 우리들의 서약을 지켜본 최고의 증인이라고 생각하면서. 그 넓고, 조용하고, 경건한 성당 실내는 또한 최고의 예식장이 아니었던가. 그때의 반지를 두 사람은 지금껏 끼고 있다. 나는 이 가느다란 금반지를 처음 낀 그날 이후 지금까지 어느 한 순간도 손가락에서 뺀 적이 없다. 가난한 연인의 가장 아름다웠던 순간을 기억하게 하는 값싼 약혼반지, 내가 땅에 묻히는 날이 오면 나와 함께 묻힐 거라고 믿는다.

기혁 • 시인. 문학평론가

영화 '비트'를 좋아하고 리바이스를 즐겨 입는다. 한국예술종합학교 연극원 수업을 못따라가 땡땡이와 휴학을 거듭하다 국방의 의무를 다하며 20대를 마쳤다. 소설로 시작하여 여러 절망을 거친 끝에 시인이 되었고, 등단하면 결혼을 하겠단 약속을 지켜, 한 아이 아빠가 되었다. 지금은 시인 겸 평론가로 할 일을 찾는 중이다.

그녀는 진심으로 기뻐했다. 어째서 기쁘냐고 묻자 이렇게 말했다.
"여자 가방을 든 모습이 정말 자연스러웠어. 상상도 못할 만큼."

어느 문학청년의 잇 백

기혁 • 시인. 문학평론가

"제수씨도 함께 오시나요?"

어느 모임에 참석 차 동승한 택시 안에서 누군가 내 가방을 보며 말했다. 흰색과 검은색 체크무늬가 들어간, 소위 '보스턴 백' 스타일의 인조가죽 가방이 남성용으로는 도무지 생각되지 않았던 모양이다. 태연하게 '제 것인데요', 하고 말하면 사람들은 더욱 유심히 가방을 살펴보다 고개를 저으며, '아무래도 여자 것 같은데……' 하고 말꼬리를 흐린다.

선물은 오롯이 받는 쪽을 배려한다기보다 나의 취향과 타인의 취향 사이의 '밀당'이라고 할 수 있다. 그것은 한 치의 양보도 없는 '전쟁'의 결과이고, 선물에 대한 고민 역시 타인의 취향이 아닌 자신의 취향이 걸림돌이 되곤 한다. 가령 '심순애'의 취향만이 반영된 '김중배'의 다이아반지는 무척이나 성의 없는 선물이 아닐 수 없다. 그럼에도 사소한 행동이 감동으로 되돌아올 수 있는 건 그가 고른 선물이 결국 자신을 배려한 것이기 때문이다. 떠들썩한 미담 뉴스를 떠올리지 않더라도, 그저 '좋아서 한 일'이라고 무뚝뚝하게 말하는 타인을 우리는 얼마나 많이 겪어왔던가. 순수하게 선물을 건넨다는 건 받는 쪽의 조건들로부터 끝까지 지켜낸 나의 취향을 들이미는 일이다. 절대적으로 원치 않은 선물을 주거나, 절대적으로 원하는 선물을 받기란 하늘의 별따기만큼 어렵다.

가방 이야기에서 뜬금없이 '선물론'을 펼친 이유는 문제의 가방이 '선물'로서 부적절한 아이템이었기 때문이다. 당시 여자친구였던 아내는 이 가방이 여성용이라는 걸 알고 있었지만, 나와 번갈아가며 들어보고 거울 앞에 서기도 했다. 멀쩡한 사내가 여자가방을 선물로 사달라는데, 그녀는 태연히 잘 어울린다고 말할 뿐이었다. 점원이 다가와 '선물하시게요?'라고 물었을 땐 그저 웃을 수밖에 없었다. 가방이 좀 크게 나왔다는 점원의 말에 그녀는 태연하게 말했다. "제가 아니고 이 친구가 들 거예요."
어깨를 으쓱한 점원이 등을 보이자마자 서둘러 매장을 나왔다. 좀 더 둘러보자는 게 이유였지만, 나를 당황스럽게 했던 건 여자친구의 반응이었다. '미쳤어? 그거 여자가방이야!' 놀란 눈을 부릅뜨기만 했어도, '취향이야, 존중해줘!'라고 우겼을 테지만 자기 마음에도 꼭 들고 내게도 잘 어울린다는 그녀의 속내를 알 길이 없었다. 결국 아무것도 사지 못하고 집으로 돌아왔다. 화를 낼 수도 웃을 수도 없었고 조금 서러운 기분도 들었다. 며칠이 지나고 우연히 인터넷 쇼핑몰에서 같은 물건을 보았을 때 단번에 결제를 했다. 내 취향에 맞는 무언가가 필요하다면, 그게 꼭 선물일 필요는 없다고 생각했던 것이다. 돌이켜 보건데, 그것은 열등감의 표출일 수도 있고, 자존심을 지키기 위한 나름의 방편이었을 수도 있다. 이미 대학을 졸업하고 직장을 다니던 여자친구에게 전망 없는 시인지망생이자

백수인 내가 할 수 있는 거라곤 그녀의 이해를 동정으로 변질시키지 않는 일뿐이었다. 넌지시 가방을 구입한 사실을 알리자 그녀는 진심으로 기뻐했다. 어째서 기쁘냐고 묻자 이렇게 말했다. "여자 가방을 든 모습이 정말 자연스러웠어. 상상도 못할 만큼."
그러곤 자신에게도 무척 잘 어울릴 거라고 덧붙였다. 그제야 나는 스스로 구입한 여자 가방을 그녀가 준 선물로서 인정할 수 있었다. 여자 가방에 꽂혀버린 남자친구의 취향까지도 그녀는 그녀 자신을 위해 인정하려 했던 것이다.

어색한 여자 가방을 들고 나가 시를 쓰거나, 늦깎이로 문학 공부에 매달릴 때에도 그녀는 한결같이 자신을 위해 나를 응원해 주었다. 꼬박 10년의 긴 연애를 하면서 그러한 응원은 신발이거나, 옷가지이거나, 때로는 희망이나 사랑의 형태가 되기도 했다. 한 아이의 아빠가 된 지금도 낡은 여자 가방을 아무렇지도 않게 들고 다닌다. 그럴 때마다 아내가 준 선물들에 대해서 곰곰이 생각한다. 변변치 못한 시인인 내가 오해한 것은 없는지, 나를 위해 아내에게 줄 선물은 무엇인지. 제수씨도 함께 오느냐고 묻는 사람들에겐 언제나 고개를 끄덕이며 말하고 싶다. 이 낡은 여자 가방 속에는 누군가의 햇살 하나가 더 담겨져 있다고 말이다.

이위발 • 시인. 이육사문학관 사무국장

경북 영양에서 농민의 자식으로 태어나 오랜 세월 헤매었다. 지금은 모천으로 돌아와 현실과 이상 속에서 시 속에 빠져 등단한 후, 대학원에서 문학예술학과를 전공하였다. 마지막 사랑을 찾아 아들 두 놈과 예쁜 딸내미와 시골에서 된장을 담그는 시인으로 이육사문학관 사무국장으로 일하고 있다. 시집《어느 모노드라마의 꿈》 산문집《된장 담그는 시인》 출간.

'성공한 사랑'이 안개꽃의 꽃말이듯이
J에게 내 인생의 마지막 사랑으로 찾아와 줘 고맙다는 말을 꼭 하고 싶다.
살아가면서 행복을 느낄 수 있는 것은 사랑받고 있기 때문이라는 것

자판기 커피에 피어난 안개꽃 사랑

이위발 • 시인. 이육사문학관 사무국장

서울에서 삼십오 년을 살면서 늘 마음 한 구석에 자리 잡고 있었던 것은 고향에 대한 그리움이었다. 그것은 도시에 대한 탈출을 뜻하기도 하지만 고향에 대한 회귀본능이었다. 어릴 적 본인의 의사와 상관없이 부모님의 등에 떠밀려 도시로 올라왔기 때문이다. 친척집에 얹혀살면서 어린 마음에 상처도 많이 받았다. 그럴 때마다 고향의 푸른 하늘과 마당에 흐드러지게 피던 살구꽃, 바람에 일렁이던 보리밭을 생각했다.
서울에 살면서 많은 것을 배우며 얻었고, 많은 것을 잃었다. 젊은 날 한때는 이 세상을 접수하겠다는 치기어린 열정도 있었고, 이 세상을 저주하며 자학하기도 했었다. 사랑 때문에 울기도 했었고, 사랑 때문에 자살을 꿈꾸기도 했었다. 음악에 미쳐 DJ를 하면서 전국을 누볐고, 문학에 빠져 시를 썼고, 문학 판에 뛰어 들면서 출판사까지 경영하게 되었고, 결국 아파트 두 채 값을 날리고 출판사를 접었다.
늦은 나이에 결혼을 하고 십년 만에 멋진 아들 하나 남기고 헤어졌다.

연애시절 특별하게 기억되는 것은 없지만 남들처럼 사랑을 주었고 사랑을 받았다. 경제적인 어려움이 있었고, 각자 가야할 길이 분명해졌고, 그동안의 오해와 불신, 믿음이 결여된 결혼생활은 유지될 수 없었다.
2004년 10월 1일 내 삶에 있어 잊을 수 없는 날이다. 다니던 출판사에 9월 30일자로 사표를 던지고 고향으로 내려간 날이기 때문이다. 안동에서의 생활은 꿈만 같았다. 먹고 사는 문제를 떠나 아침마다 찾아오는 안개도 좋았지만 상쾌한 바람 때문이었다. 그렇게도 그리워하던 고향의 냄새였다. 서울을 떠나면서 두려움보다는 내면의 강한 의지가 앞섰다. 그 열정이 내 자산이었고 내 삶의 원동력이 되었다. 그리고 마지막 한 가지 내 인생에 사랑이 다시 한 번 찾아올 것이라는 확신이 있었다.
친구의 소개로 만나게 된 J였다. J도 어린 아이 둘을 데리고 혼자 살고 있었다. 처음 만나 인사를 나누고 두 번째 만나는 날 확신을 가졌다. 이 사람이 나에게 마지막 사랑이 될 것이라는 것을 직감했다. 아버님이 돌아가시기 전 양가 부모님과 상견례를 했고, 결혼 날짜를 잡았다.
그리고 얼마 뒤 아버님은 결혼식을 보지 못한 채 돌아가셨다. 결혼식은 앨리자베스 여왕이 다녀갔던 봉정사 주지 자현 스님의 주례로 집안 식구들을 모시고 예를 갖추었다.

J와의 첫 데이트는 차를 타고 시 외곽을 돌면서 자신이 다니던 장소를 순회하는 것이었다. 어디로 가는지도 모르고 차에 타고 있었던 나는 마냥 좋았다. J는 혼자서 울적할 땐 그 길을 다니면서 기분을 풀었다고 했다.
차가 자신이 다녔던 고등학교 운동장에 들어섰을 땐 이 여자도 나에게 호감을 가지고 있다는 것을 느꼈다. 학교 운동장을 나와 다른 곳으로 이동하다가 길가에 차를 세웠다. 나는 차에 무슨 고장이라도 난 줄 알았다.

그런데 길 옆 공터엔 커피자판기가 있었다. 그 앞에 차를 대고는 J가 처음으로 나에게 내민 것이 따뜻한 커피 한 잔이었다. 그 커피 맛을 잊을 수가 없다. 꿀맛 같았던 그 커피 한 잔은 내 삶에 의미 있는 선물이 되었다. 요즈음 친구들과 술을 마시면서 기분 좋을 때 자랑처럼 이야기하는 게 있다. "내 인생에 있어 제일 잘한 게 세 가지가 있다. 하나는 안동으로 내려온 것이고, 두 번째는 J를 만난 것이고, 세 번째는 담배를 끊은 것이다. 그 중에 제일은 J를 만난 것이다."

그리고 십년이란 세월이 흘렀다. 큰놈과 둘째는 제대를 하고 큰놈은 자기 하고 싶은 디자인과 음악을 한다고 서울에 올라가 있고, 둘째는 복학해서 학교 다니고 있고, 막내 딸내미는 이번에 대학에 들어갔다. 지금도 의문을 가지고 있는 게 있다. 큰놈과 둘째 놈이 6개월 차이가 나는데도 한 번도 의견 충돌이 있거나 싸우는 것을 보질 못했다. 한마디로 나는 복 받은 놈이다. 늘 아이들에게 고맙다는 말을 가슴에 묻고 산다.

이 글을 쓰면서 '성공한 사랑'이 안개꽃의 꽃말이듯이 J에게 내 인생의 마지막 사랑으로 찾아와 줘서 고맙다는 말을 꼭 하고 싶다. 살아가면서 행복을 느낄 수 있는 것은 사랑받고 있기 때문이라는 것을 마음으로 받아들이는 이 순간이다.

권태현 • 출판평론가. 시인. 소설가

〈국시〉 동인으로 활동하면서 시를 발표하기 시작했고 〈매일신문〉 신춘문예에 소설이 당선되어 소설도 함께 쓰고 있다. PC 통신 하이텔 시절 국내 최초로 온라인 게시판 〈하이텔 문학관〉에 책 이야기를 올리면서 좋은 책을 널리 알리는 일에 뛰어들었다. 신문과 잡지, 사보 등에 책 관련 기사를 쓰고, MBC, KBS, SBS, 교통방송 등에서 20여 년 동안 책 소개를 해왔다. 서울 송파구의 '책 읽는 송파' 홍보대사이기도 하다.

선물을 전하는 순간 주는 사람이나 받는 사람이나 모두 가슴이 두근거린다.
마치 시한폭탄의 타이머가 작동하는 것처럼.

어디로 갔을까, 나의 타자기는

권태현 • 출판평론가. 시인. 소설가

선물은 폭탄이다. 내부가 터져도 겉모양이 훼손되지 않는. 주는 사람의 정성과 사랑이 선물 안에 응축되어 있다가 받는 사람이 열어보는 순간 폭발한다. 기쁨의 파편들은 가슴 구석구석에 날아가 박힌다. 그 중 어떤 조각은 평생 빛나며 가슴속을 아름답게 밝힌다. 선물에 담은 마음의 크기에 따라 행복한 충격의 여운이 달라진다. 어떤 변화가 일어날지 모르기 때문에 선물을 전하는 순간 주는 사람이나 받는 사람이나 모두 가슴이 두근거린다. 마치 시한폭탄의 타이머가 작동하는 것처럼.

결혼을 앞두고 아내가 어떤 선물을 받고 싶으냐고 물었을 때 나는 아무 대답도 하지 못했다. 내가 어떤 선물도 해줄 수 없는 형편이었기 때문에 받을 건 꿈도 꾸지 않았던 것이다. 하지만 아내는 선물을 하고 싶어 했다. 그것도 나에게 꼭 필요한 걸로. 내가 입을 다물고 있자 무엇을 선물할지 아내가 스스로 정했다. 그리고 말했다. 남들 다 하는 반지나 시계 대신 다른 걸 하겠다고. 내가 좋아할 거라고 하면서.
타자기는 꿈에 그리던 물건이었다. 타자기만 있으면 당장 작가가 될 수 있을 것 같았다. 그 무렵 매년 신춘문예에 응모하고 있었다. 이 말은 곧 매년 작가의 꿈이 좌절되고 있었다는 말이기도 하다. 낮에는 잡지사에서 녹초가 되도록 일하고 밤에는 자취방에 배를 깔고 엎드려서 소설을 썼다. 대학노트를 빼곡하게 채운 문장들을 원고지로 옮겼고, 그 상태로 상당 부분을 고친 후에 다른 원고지에 다시 정서했다. 그 과정을 몇 차례나 거쳐야 겨우 한 편의 단편소설이 완성됐다. 12월 초가 되면 그렇게 모인 작품들을 한 번 더 수정하고 또 정성 들여 원고지에 필사했다. 촉이 두꺼운 만년필로 바느질하듯이 한 자 한 자 써나갔다. 쓰다가 한 글자라도 틀리면, 한 글자의 한 획이라도 삐뚤어지면 원고지를 구겨버리고 새로 썼다. 방 안에 파지가 즐비할 때가 많았다. 팔이 저리다가 나중에는 감각이 없어져서 파스를 사다 붙이곤 했다. 타자기가 생겼기 때문에 나는 그 고생을 절반 이하로 줄일 수 있었다.
타자기를 선물 받은 그 이듬해, 나는 대구매일신문 신춘문예에 당선됐다. 중앙일보와 서울신문에 보낸 소설들은 최종심에서 떨어졌다. 모두 타자기로 정서한 작품들이었다. 그 당시에는 수상 통지를 전보로 보냈었는데, 노란색 바탕의 검은색 타자 글씨체로 당선 소식을 접하는 순간 왈칵 눈물이 솟구쳤다. 타자기가 나에게 행운을 가져다주었다는 생각을 하지 않을 수 없었다. 나는 상금으로 받은 돈을 모두 아내에게 주었다. 타자기를 선물로 받은 답례라고 생각하면서.

한동안 나는 타자기 앞에서 더 안달을 냈다. 잡지 기사도 종종 타자기로 작성해서 넘겼다. 나는 잡지 안의 책 소개 코너를 책임지는 출판 담당도

겸하고 있었는데, 출판사에서 보내오는 책을 읽고 그 내용을 타자기로 정리하는 걸 즐겼다. 원고지에 휘갈겨 썼을 때는 볼품없는 것처럼 느껴지던 글도 타자기로 옮기고 나면 한층 더 돋보였다. 나는 타자기에, 타자로 작업하는 일에 중독되어 있었다.
그 후 워드프로세서가 등장하더니 곧이어 PC가 출현했다. 타자기는 갑자기 쓸모없는 물건처럼 천덕꾸러기가 되어 버렸다. 잡지사의 내 책상 위에도 PC가 놓여졌다. 집에서 타자기를 똑딱거릴 때도 있었지만 어쩌다 한 번씩이었다. 그때 이미 추억의 장난감을 갖고 노는 것 같은 기분이 들었다. 하지만 그래도 타자기가 좋았다. 구석에서 먼지를 뒤집어쓰고 있었지만 바라보는 것만으로도 흐뭇했다. 오랫동안 갖고 싶어 했던 물건이기 때문에 더 그랬을 것이다. 아내의 사랑이 듬뿍 담긴 선물이어서 더욱 더.
그러던 어느 날, 나는 타자기를 잃어버렸다. 더 정확하게 말하면 다른 곳에 맡겨두었다가 되찾지 못했다. 타자기뿐만 아니라 내가 아끼던 책들도 분실했다. 다른 것들도 더 있었지만 타자기와 책을 잃어버린 게 제일 마음 아팠다. 타자기를 선물로 받을 때 거대한 폭발과 함께 내 가슴속에 박혔던 빛나는 파편들도 녹이 슬기 시작했다. 가슴이 어두컴컴한 동굴로 변해 가는 느낌이었다.

그리고 얼마 지나지 않아 내가 타자기와 함께 잃어버린 게 더 있다는 사실을 깨달았다. 그것은 아내의 사랑이었다. 내가 좋은 글을 쓰기를 그토록 바라던 아내는 이제 돈 안 되는 일 좀 때려치우라는 불평을 아끼지 않았다. 내가 책 읽은 내용을 들려주면 무척 행복해했었는데, 언젠가부터 벽마다 책장으로 가득 채워져서 숨이 막힐 것 같다고 책들 좀 갖다

버리라고 목에 핏대를 세웠다. 같은 사람이 맞나 싶을 정도로 변해버렸다. 타자기의 분실과 아내의 사랑이 식은 게 우연의 일치일지도 모른다. 하지만 나는 그렇게 생각하지 않는다. 각별한 의미를 담고 있는 선물은 상징적인 영향력을 지닌 채 존재하니까. 지금도 나는 그 타자기를 찾고 싶다. 하지만 찾을 길이 없다. 어디로 갔을까, 나의 타자기는.

사랑커피

세상에 하나 밖에 없는 선물

정명섭 • 바리스타. 전업작가

여러 가지 글을 쓰는 글쟁이 어쩌면 소설가. 책을 만드는 파주 출판도시에서 커피를 만드는 바리스타로 아주 오랫동안 일했다. 커피 향에 취해서 지내던 어느 날 문득 글을 썼다. 그리고 십년 후, 대통령보다 되기 어렵다는 전업 작가로 열심히 글을 쓰고 있는 중이다.

이런 선물을 받은 건 대한민국에서 당신이 유일할 거예요.
'이 무늬를 봐요.'

기와조각

정명섭 • 바리스타. 전업작가

나는 답사를 가면 남들보다 항상 한발자국 늦게 간다. 미처 보지 못했던 것을 찾기 위해서다. 경기도 연천의 당포성을 갔을 때도 그랬다. 고구려와 백제가 임진강을 사이에 두고 치열하게 싸웠을 때 만들어졌던 당포성은 지금으로 치면 휴전선의 GP같은 역할을 했다. 그날도 답사를 끝내고 몇 발자국 뒤쳐져서 걷다가 풀숲에서 작은 기와조각을 발견했다. 가지고 간 신문지에 곱게 싼 다음에 집으로 가지고 와서 아내에게 선물로 건넸다. 그걸 받은 아내의 어이없어해 하는 표정은 지금도 기억이 난다. 철부지 남편은 그런 아내의 마음 따위는 까맣게 잊어버린 채 침을 튀기면서 설명을 한다. 이게 뭔지 알아요. 바로 호로고루에서 찾은 고구려 기와에요. 최소한 1,500년은 된 기와라니까요. 이 무늬를 봐요. 통나무 겉에다가 진흙을 빙 둘러서 바른 다음에 강도를 높이기 위해서 주걱으로 겉을 때렸거든요. 그때 난 흔적이에요. 옆면을 보면 날카로운 칼로 자른 게 보이죠? 통나무에 붙은 기와를 자른 거에요. 안쪽에도 이상한 물결무늬

같은 게 있죠? 통나무에 붙은 기와를 잘 떼어내기 위해서 삼베를 끼워 넣은 건데 떼어낼 때 씨줄과 날줄이 그대로 기와에 남은 거예요. 여기 잘 보면 지푸라기 붙은 거 보이죠? 이것도 아마 기와를 만들 때 들어갔다가 그대로 남은 게 분명해요. 그런데 이게 고구려 때 기와인지 어떻게 아냐고요? 유약을 바르지 않고 만든 기와라서 굉장히 두꺼운데다가 붉은 흙을 넣어서 전체적으로 붉은 색을 띄고 있어요. 그리고 이런 무늬들은 조선시대 기와들한테서는 찾을 수 없어요. 호로고루에 가서 돌아보고 있는데 구석에 돌무더기 사이에 이게 딱 있지 뭐에요. 그래서 선물로 주려고 가져왔어요. 이런 선물을 받은 건 대한민국에서 당신이 유일할 거예요. 아울러 이런 선물을 좋다고 아내에게 가져다 줄 간 큰 남편도 나 밖에 없었을 것이다. 아내는 선물로 받은 고구려 기와조각을 신문지에 잘 싸서 크리스마스 선물 박스에 넣은 다음 책장 위에 올려놨다.

돌이켜보면 나는 아내에게 무심한 것을 넘어서 이상한 남자친구였고, 남편이었다. 남들이 다 주는 밸런타인데이 선물은 까먹기 일쑤였고, 가끔씩 주는 선물도 답사를 갔다가 주워온 기와조각이 고작이었다. 아내가 말하지는 않았지만 이상한 흙덩어리를 들고 와서는 침을 튀기면서 설명하는 남편을 어떻게 생각했을지는 짐작이 가고도 남는다. 하지만 아내는 철부지 남편의 일방적인 선물을 사랑의 선물로 잘 포장해서 받아들여줬다. 처치곤란하거나 오래된 책들은 책장의 아래 칸에서부터 점점 위로 올라간다. 제일 위쪽 칸에 꽂기 위해서는 의자를 놓고 올라가야 하는데 그러면 내 선물이 들어있는 크리스마스 박스가 보인다. 그때마다 나는 아내에게 신이 나서 떠들었던 말이 떠오른다. '이 무늬를 봐요.'

오영일 • YBM 영어컨텐츠 연구소 대표

영어 콘텐츠를 만드는 남자입니다. 생활 속에서 쉽게 접할 수 있는 모든 것들을 통해 아이디어를 얻습니다. 최근엔 아이들이 놀면서 배울 수 있는 '두근두근 love' 라는 동요를 개발했습니다. 그리고 현재 영어를 가르치고 있습니다. 처음 강의에 흥미가 생긴 건, 대학에서 영어 강의를 하고 영어 관련 블로그를 하면서부터입니다. 사람들과 지식을 공유하는 것이 좋아 시작한 것이 지금은 저의 직업이 되었습니다.

처음 보는 남자한테 센스가 없다니! 당황스러웠다.
그녀가 손가락으로 자판기에 붙어 있는 메모를 가리켰다.
'혹시 문제가 있으면 전화주세요'

숫자이름 501

오영일 • YBM 영어컨텐츠 연구소 대표

어린 시절 친구들은 내 이름으로 장난을 치곤 했다. 리바이스 오공일, 더블에스 오공일.. 당시 숫자 501과 관련된 브랜드로 놀리는 것이 친구들은 재밌었다는데, 나는 그 덕에 가끔 투덜거리던 기억이 난다. 그런데, 그 숫자이름으로 살아가면서 나에게 특별한 일들이 일어나기 시작했다. 4월의 어느 봄날, 그날은 유난히 나른한 오후였다.

영어 교양수업을 듣고 잠시 틈이 생겨 강의실 옆 자판기로 향했다. 동전을 넣고 즐겨 마시던 율무차 버튼을 눌렀는데 작동이 되지 않았다. 가만 보니 커피 버튼에만 초록색 불이 들어와 있었다.(독자들도 아시겠지만, 자판기에 여분이 없는 음료에는 빨간불이 들어온다) 나는 술 담배를 하지 않는다. 커피도 마찬가지다. 바리스타 자격증까지 있는 사람이 아직까지도 그 쓴맛이 싫다. 대신, 특유의 고소함과 간간이 씹히는 호두의 느낌이 좋은 '율무차'를 자주 찾는다. 아무튼. 율무차를 사수하기 위해 한

층 더 올라가 자판기를 찾았다.
그런데..! 아... 또 문제가 생겼다..! 율무 가루가 부족한지 힘들게 뽑은 율무차가 묽게 나온 것이다. '왜 하필 지금!' 혹시나 하는 마음에 다시 동전을 넣고 두 번째로 좋아하는 코코아를 뽑았다. 하지만 코코아 역시 묽게 나왔다. 억울한 마음에 손바닥으로 자판기를 두세 번 탁탁!! 쳤다. 그렇게 몇 번을 더 쳤을까. 뒤에서 인기척이 느껴져 돌아봤는데... 순간 나는 얼어버렸다. 예쁜 여학생이 나를 빤히 쳐다보고 있는 것이 아닌가! 단아한 하얀색 외투에 하얀 피부, 청초한 눈에 빨간 입술까지. 분위기가 보통 여자들과는 많이 다른 연예인 같은 느낌이랄까. 쉽게 다가갈 수 없는 묘한 매력이 있었다. 순간 그녀가 나에게 입을 열었다.
"센스 없네요."
"네..?"
갑자기, 그것도 처음 보는 남자한테 센스가 없다니! 당황스러웠다. 그녀가 손가락으로 자판기에 붙어 있는 메모를 가리켰다. '혹시 문제가 있으면 전화주세요'라는...
나는 왜! 바보같이 저걸 못 봤을까. 그녀는 이미 관리자와 전화통화를 했다며 웃었고 나는 "아 그래요..?"하고 바보 같은 미소로 답했다. 그녀는 어색한 분위기가 싫었는지 다시 입을 열었다.
"혹시.. 이름이 오영일 맞아요?"
어..? 내 이름!
얼마 전 아는 언니가 과미팅을 했는데 자기 이름과 같은 숫자가 새겨진 티셔츠를 입은 재밌는 남자가 나왔다고 하면서 미팅사진을 보여줬다는 것이다. 창피하기도 했지만 괜히 인연이네 뭐네 생각하며 설레었다.
대학 시절, 친누나가 그 당시 유행했던 '리바이스 501'이 새겨진 티셔츠를 선물해 주었다. 내 이름이 새겨진 것을 나름 특별하게 생각했고 디자인도 맘에 들어 자주 입고 다녔다. 내 이름을 계기로(자판기의 도움도 조금) 그녀와 나는 점점 가까워졌고 우리는 5년을 만나게 되었다. 그리고 벚꽃이 피던 따뜻한 봄날, 나는 그녀와 평생을 함께 하기로 약속했다. 가끔 그런 생각을 해본다. 그때 자판기가 고장나지 않아 그녀가 있는 층으로 올라가지 않았다면, 관리자 아저씨께서 조금 일찍 왔더라면, 그리고 나의 이름이 501이 아니었더라면, 어쩌면 우린 만날 수 없었을지도 모른다. 그리고... 어린 시절 마음에 들지 않았던 숫자 이름이 그녀와의 인연을 만들어 준 가장 큰 연결고리가 아니었을까..

"Connecting the Dots."

스티브 잡스가 말했다. 미래는 알 수 없다. 다만 현재와 과거의 사건들을 연결해 볼 수 있을 뿐이다. 이를 통해 알 수 있는 것은 현재와 미래는 어떻게든 연결되어 있다는 것이다. 생각해보면 나의 첫 사랑, 지금의 아내를 이어준 건 나의 이름이 아닐까 생각한다. 어디선가 누군가를 만나더라도 이름이 잊히지 않는다는 것은 특별한 일이다. 숫자로도 읽히는 501이라는 이름이 얼마나 소중한지 시간이 지날수록 더욱 애착이 느껴지고 이 특별함이 감사하다.

정재완 • 디자이너. 영남대 교수

정재완. 대학에서 시각디자인을 공부했다. 글자와 책을 좋아하고 책의 물성을 좋아한다. 정병규 출판디자인에서 편집디자이너로, 민음사출판그룹에서 북디자이너로 일했다. 지금은 영남대학교 시각디자인학과에서 글자를 다루고 책을 만드는 과목을 맡아 학생들을 가르치고 있으며, 출판사 〈사월의 눈〉에서 사진 책을 만들고 있다.

병실은 일종의 간이역이었다. 수술은 잘 마무리가 되었고,
나도 병원을 떠날 시간을 기다리고 있었다.
퇴원을 하루 앞두고 K는 내게 선물을 줬다.
가슴에 빨간 별 하나가 큼직하게 그려져 있는 티셔츠였다

내 가슴에 달린 빨간 별

정재완 • 디자이너. 영남대 교수

가슴이 아팠던 때가 있었다. 정말로 가슴이 아팠다. 기흉이었다. 일명 폐기종, 쉽게 말하면 '허파에 바람이 든 것'이란다. 나름대로 건강한 편이었는데, 원인을 모르는 증상이었다. 병원 응급실에 눕자, 의사는 옆구리 갈비뼈 사이에 관을 꼽고 주사를 놓았다. 허파를 짓누르는 공기를 빼내려는 것이다. 몸 속에 다른 무엇인가 들어온다는 것은 몹시 무섭고 불편하고 괴로웠다.

아프지 말아야 하지만, 아픔이 주는 고마움도 있기는 하다. 삶을 잠시 정지시킨다. 누우면 하늘도 보고 느릿하게 햇볕도 쬐게 된다. 누구에게 의지하지 않고 홀로 설 수 있는 것이, 그저 숨을 쉬고 걸을 수 있다는 것이 얼마나 소중한 것인지도 새삼 깨닫게 되었다. 그때 생각이 하나씩 떠오른다. 병실에 무심히 켜둔 텔레비전에서는 각종 오락프로그램이 떠들썩했다. 때가 되면 밥이 나오고 간호사는 주사약을 갈아 끼우러 왔다. 병실의 밤은 평온했지만, 너무 길었고, 자다 깨다를 반복했다. 오전 회진을 도는 의사의 표정과 말 한마디 한마디에도 신경이 곤두섰다.

며칠을 누워 있으니 고마움보다 두려움이 앞섰다. 쉽게 퇴원하지는 않을 것 같았다. 결국 수술을 하게 되었다. 간단한 수술이라지만, 최악의 경우가 생길 수도 있다는 수술동의서에 서명을 하고 나니 마음이 약해졌다.
수술복과 모자는 약한 마음을 더욱 부채질했다. 수술실은 냉장고 속처럼 차가웠다. 마취제를 들이마시자 거짓말처럼 잠이 들었다. 죽음은 어떤 것일까. 마취와 같은 느낌일지도 모른다는 생각을 했다. 꿈을 꿨을까. 내가 가만히 멈춰 있는 동안에도 시간은 마취되지 않았다.
간호사는 내게 몇 가지를 물어봤고, 나는 대답을 했다. 의식이 돌아온 모양이다. 흐릿하게 K가 보였다. 병원에 있는 동안 K는 내 곁을 지켜줬다. K의 손을 움켜잡았지만, 힘이 전혀 들어가지 않았다. 어딘가 멀리 여행을 갔다가 돌아온 것처럼 무척 피곤한 기분이 들었다. 집에 돌아온 것 같은 안도감이 몸과 마음의 긴장을 풀어줬다. 아팠다.
병실에는 나이 많은 환자분들이 계셨다. 숨이 가쁘고, 가슴이 답답하고, 몸에 박은 관이 불편하지만, 심각한 병은 아니어서인지 자고 일어나면 한 분씩 깨끗한 옷으로 갈아입고 병실을 나가셨다. 떠난 자리에는 곧 새로운 환자가 들어왔다. 병실은 일종의 간이역이었다. 수술은 잘 마무리가 되었고, 나도 병원을 떠날 시간을 기다리고 있었다. 퇴원을 하루 앞두고 K가 내게 선물을 줬다. 가슴에 빨간 별 하나가 큼직하게 그려져 있는 티셔츠였다. 빨간 별은 브랜드 심볼이었지만, 내겐 꽤 의미심장했다.
가슴에 빨간 별을 달고서 퇴원하는 내게 의사가 말했다. '다시는 만나지 말죠!' 며칠 동안 의지하고 교감하던 상대의 인사치고는… 그런데 생각해보니 참 고마운 작별인사였다.

이듬해 가을, K와 나는 결혼을 했다. 내 직업이 바뀌면서 우리는 서울과 지방을 오가는 이사를 몇 번씩 다녔고, 그 사이 아이가 태어나는 적지 않은 변화의 나날을 보냈다. 중년의 나이에 접어들면서 몸에 살도 꽤 붙었다. 계절이 바뀔 때면 처분할 옷을 골라내는데, 이제 옷이 작아져서 안 들어갈 거라며 농담을 건네는 K도 꽤나 짓궂어졌다. 아직까지 빨간 별 티셔츠는 안방 서랍에 그대로 들어있다.

놀랍게도 기억이란 것은 어딘가 잠복해 있다가 불쑥 나타난다. 수년이 지난 요즘도 가슴이 답답하거나 미세먼지 농도가 높다는 뉴스를 보면 입원과 수술의 기억이 되살아난다. 마치 필름을 되감은 것처럼 내가 그때의 병실로 돌아가 눕게 된다. 수술 회복과 건강을 빌어주었던 K의 기도 또한 생생하다. 내 가슴에 달린 빨간 별은 아픔과 행복이 동시에 묻어있는 시간의 흔적이다.

가족의 선물

정형탁 • 독립 큐레이터

예술학을 전공하고 미디어시티서울, 부산비엔날레, 〈월간 미술세계〉와 〈계간 Contemporary art journal〉 등에서 일했다. 〈톨스토이-살아있는 톨스토이를 만난다〉 〈르네 마그리트전〉 〈허영만-창작의 비밀전〉 등 큐레이팅과 글 쓰는 일을 하고 있다. 좋아하는 건 낙엽 위에 내리는 11월의 차가운 비, 보트를 타고 아무도 없는 추운 겨울 호수 위에서 낚시하는 거다.

꽉 막힌 벽이다.
흔하디흔한 담쟁이도 안과 겉을 연결한 창문도 없는 무풍경의 벽이다.
그게 아버지가 바라본 마지막 풍경이었을 게다.

침묵

정형탁 • 독립 큐레이터

한 소년이 걸어가고 있다. 줄곧 아무 말도 없다. 나도 아무 말 없이 뒤를 따라간다. 가을의 바닷바람이 둘을 감싼다. 가을 오후의 북서풍은 서늘하다. 우리가 도착한 곳은 인적이 없는 곶부리. 아니 우리가 외려 사람이 없는 곳을 찾아 다녀서일까. 분주한 가을 바다의 풍경은 이곳엔 없다. 난 준비한 목줄에 묶인 바늘을 소년의 원줄 위에 묶는다. 손가락 굵기의 지렁이를 끼우고 나서 소년에게 건넨다. 소년은 여태 말이 없다.
"무량태수! 도대체 왜 그리 산다냐. 술 먹을 때나 말하제, 술 깨믄 말도 없고... 아이고야, 내가 곰이랑 살아 곰이랑..."
"애가 뭐가 될 줄 알고 그런 쓰잘떼기 없는 말을 한가."
술이 깨면 듣게 되는 엄마의 잔소리다. 가끔 엄마가 세속의 가치들을 읊조릴라 치면, 아버지는 "떽"하고 끊는다. 아버지는, 내 기억에 기대면, 한 번도 내게 잔소리를 한 적이 없다. 그렇다고 한번도 따숩게 안아준 적도 없다. 하지만 가끔 이런 방식으로 나를 보듬어줄 때면, 난 가끔 쑥스러웠다. 50년 넘게 전라도 작은 동네에서 평생 행정 일로 가정을 꾸려나간 탓일까. 아버지는 평소 말이 없다가도 술이 입에 닿으면 그나마 입을 여셨다. 하지만 그 말이라는 게 늘 창틈 사이로 달아나는 말들뿐이었다. 술김의 말들은 어린 아이인 내가 들어도 그리 교훈적이지도 속엣 것도 아닌 것처럼 보였다. 그래서 아버지의 말은 늘 공허했다. 근대화의 산업 생산성의 가치들은 전라도 작은 섬에서 문학적 소양을 타고 난 아버지의 탈속적 가치들과 배치된 것이었을 거라고 어림짐작만 할 뿐이었다.

꽉 막힌 벽이다. 흔하디흔한 담쟁이도 안과 겉을 연결한 창문도 없는 무풍경의 벽이다. 그게 아버지가 바라본 마지막 풍경이었을 게다. 위암 수술 후 어느 정도 회복이 되었다 싶었는데 결국 다시 입원하셨다. 일주일을 회색의 벽만 바라보고 계신다. 입에 들어가는 모든 것들은 고스란히 몸 밖으로 내보낸다. 거기엔 온몸으로 저항하려 했던 세속의 말들과 가치들도 포함되었을 게다. 난 가끔 아버지 입에 물을 적셔줄 뿐, 어릴 적 아버지랑 했던 낚시 얘기조차 꺼내지 않았다. 우리는 끝내 서로 아무 말도 못했다. 앞에서 줄곧 걸어가시는 아버지의 등이 보인다. 집에서 나와 바닷가로 올 때까지 별말이 없으시다. 내가 바늘과 지렁이를 끼워드릴 때까지도 그렇다. 아버지와 아들은 철썩이는 파도 소리 속에서 바다 풍경이 될 뿐이다.

무언(無言)과 침묵은 자연이 되었다. '자연은 그 영원하고 총체적인 무상함으로 인해' 세상을 구원하는 메시아다. 그런 면에서 아버지는 몸소 자연이었다. 아버지는 자연이 되어 내게 무엇을 남겨주려 한 걸까. 내 속에 살아계실까.

서의규 • 생활 성서 기자

플로리스트 아내와 두 살, 일곱 살 아들 둘을 키우며 육아에 흠뻑 빠진 '아들 바보' 아빠이다. 가톨릭 신앙 월간지 생활성서에서 기자로 일하고 있다. 지속가능한 일자리와 상생하는 지역문화공동체를 실현하는 북카페 협동조합을 꿈꾸고 있다.

"아버지가… 꼬박 일주일 동안 깨어 계셨어.
너네 결혼식 보고 가려고.
일초라도 잠들면 영영 못 깨어날까 봐…"

앉은뱅이 의자

서의규 • 생활 성서 기자

아버지는 평소 빈 종이만 앞에 두면 뭐라도 쓰는 버릇이 계셨다. 그런데 아버지는 자꾸만 작아지고 있었다. 그때부터 아버지는 책상에서 내려와 누워 있는 시간이 많아지셨다. 티셔츠 등에 쉴 새 없이 땀이 번지는 한여름 열기에도 아버지의 방은 왠지 서늘했다.
하늘이 눈부시게 파랗던 일요일 오후, 성당 미사를 간신히 다녀오신 아버지는 조용히 나를 부르셨다. 그날 아버지가 그 쩡쩡하던 풍채로 다시 돌아오셨나 싶어 내 마음도 들떴다. 믿고 싶은 대로 믿어버리고 싶은 순간이 누구에게나 있겠지만 그때처럼 간절한 때는 다시 없을 것이다.
아버지는 꺼져가는 목소리로 내게 앉은뱅이 의자를 사달라고 하셨다. 점점 낮은 곳을 향해 가는 아버지의 모습에 숨이 막혀왔다. 버스정류장 맞은편에 있는 동네가구점에 들어선 건 저녁 퇴근 무렵이었다. '점포정리'를 휘갈겨 쓴 종이가 두어 달 전부터 붙어 있던 가구점 쇼윈도. 한 십여 분을 기웃거리다 가게 구석 진열대에 놓인 밤색 좌식 의자에 눈길이 머물렀다. 옆구리에 끼고 온 의자를 방바닥에 내려놓자 아버지 얼굴은 금세 환해졌다. 의자는 볼수록 미끈하게 잘 빠졌다. 등받이도 유연하고 튼튼해 보였다.
아버지는 내가 놓아 드린 그 의자에 몇 번이나 앉았을까. 아버지의 병세는 눈에 띄게 나빠져 갔다. 조금 힘이 나면 창가로 들어오는 오후 햇볕을 쪼이시며 지그시 눈을 감고 의자에 등을 기대곤 하셨다. 그때나마 잠시라도 앉은뱅이 의자의 푸근함을 즐기시지 않았을까. 하지만 아버지의 몸은 점점 가벼워지고 순해져 갔다. 육체가 무너지는 고통에 맞서지 않고 신이 이끄시는 대로 맡기신 듯 고분고분 따르셨다. 이제는 책상에 턱을 괴고 겨우 책장을 넘기거나 글씨 몇 자를 흘려 쓰시는 정도여서 정작 의자에 앉을 시간이 별로 없었다. 아버지와 함께 할 시간이 얼마 남지 않았다는 생각이 순간순간 밀어닥쳤다. 마음이 급해졌다. 어느 날은“ 팔걸이가 있는 안락의자를 사드릴까요?”하고 물었지만 희미한 미소를 띤 채 고개를 저으셨다.
아버지의 병세가 악화되는 동안 아내와의 결혼식은 일사천리로 진행되었다. 휠체어를 탄 아버지는 식장까지 거의 실려 오셨다. 주례사를 듣다가 맨 앞자리에 계신 아버지를 돌아보았다. 초점 없는 아버지 눈을 마주하자 덜컥 가슴이 내려앉았다. 그날 식을 치르는 내내 아버지 눈빛이 돌아오셨던 건 폐백실에서 대추알을 던지실 때였다. 그러고는 우리 부부의 등을 떠밀며 “어여 가, 어여.”하고 쫓으셨다.

신혼여행지 태국에 도착했지만 아버지의 슬픈 눈빛이 내 안에서 지워지지 않았다. 야자나무잎으로 엮어 만든 지붕 아래 코코넛오일 향이 가득 번졌다. 주변은 이상하리만큼 고요했다. 문득 아버지의 잔잔한 미소가 뼈

속 깊이 사무쳐 왔다. 몸을 추스르고 샤워를 하러 나가면서 휴대폰을 집어 들었다. 무수히 떠 있는 부재중 전화. 아들을 떠나보내고 집에 온 아버지는 곧바로 의식을 잃으셨고 어머니의 손을 한번 잡더니 숨을 거두셨다고 했다. "아버지, 아버지··· 사랑합니다." 마음속 깊숙이 재워 두었던 말들이 울컥울컥 쏟아져 나왔다.

부랴부랴 짐을 챙겨 인천공항에 도착한 건 차가운 새벽. 상복으로 갈아입고 아버지의 영정을 바라보았다. 몇 달 전에 사진을 찍어둬야 한다며 단장을 하고 사진관에 가셨던 기억이 떠올랐다. 갑자기 주체할 수 없는 눈물이 솟기 시작했다. 아버지 장례식 날에는 솜털 같은 눈이 사흘 내내 쏟아졌다. 봉분을 의정부 신곡동성당에 모시고 진이 다 빠진 채로 집으로 돌아왔다. 얼마가 지났을까. 어느 새 내 곁에 서 계신 어머니가 어렵게 입을 여셨다. "아버지가··· 꼬박 일주일 동안 깨어 계셨어. 너네 결혼식 보고 가려고. 일초라도 잠들면 영영 못 깨어날까 봐···" 아버지는 실낱같이 남아있는 희미한 정신을 놓치지 않으려고 틈만 나면 앉은뱅이 의자에 앉아 내 이름 석 자를 쓰고 또 쓰셨던 것이다. 나는 아직 아버지의 온기가 남은 의자에 주저앉아 한참을 엎드려 울었다. 어느덧 의자에도 새하얀 눈이 내리고 있었다.

최선영 • 프로듀서. 문학박사

서울에서 태어났고 이화여대 영상미디어전공 박사이다. 오랫동안 방송프로덕션을 운영하며 문화·교양 방송프로그램을 기획하고 연출했고, 대학에서 영상콘텐츠 기획과 스토리텔링을 연구하고 있다. 글이 영상으로 만들어지고 영상이 글로 만들어지는 일을 좋아한다. 외조부모님과 어머니 고향인 황해도 연백의 사람들을 다큐멘터리로 만들고 싶은 꿈이 있다.

사랑의 신화는 가까이에 있다.
조부모님, 그리고 부모님의 사랑과 그 사랑을 이어준
작고 아름다운 선물들이다.

매월 당신에게 주는 작은 선물

최선영 • 프로듀서. 문학박사

외할머니께서 작고하신 지 8년째이다. 2008년 11월 30일, 아흔 넷에 큰 병 없이 집에서 천천히 평화롭게 숨을 거두셨다. 임종하시기 전날 난 하루 꼬박을 곁에 누워, 작고 동그랗게 웅크린 할머니의 몸을 여러 번 껴안았다. 아직도 그 작고 여린 온기가 기억난다. 이렇게 조그마한 몸에서 우리 어머니가 태어났다니. 숨이 넘어가던 순간에 나는 경망스럽게도 사진을 찍었다. 어쩌다 그 사진을 보게 되면 어쩐지 작은 아기 같아 보인다.

외할머니의 옛이야기를 듣고파서 시간이 날 적마다 비디오카메라로 촬영하곤 했다. 외갓집에 갈 적마다 틈틈이 말씀을 기록했는데 돌아가실 즈음 할머니는 서서히 기억을 잃어가셨고, 급기야 큰 딸인 우리 엄마 이름조차 기억하지 못하셨다. 촬영하는 나도 누구인지 잘 몰라 하시곤 했다. 그런데 외할 머니 육성을 마지막으로 녹음할 때 뜻밖의 말씀을 하셨다.

"할아버지가 나 시집오기 전부터 잡지를 사다줬어. 혼인하기 전인데 그걸 사주더라고. 두 번째 만난 날 강가에 앉아있는데 그걸 건네주던 게 생각나. 시집 와서도 달마다 잡지를 사서 할아버지가 집에 갖고 오면 그렇게 좋더라. 마루에 나와서 기다리다가 그걸 받을 때 참 좋았다. 느이들 키울 때도 사다줬지."
그때가 할머니의 빛나는 순간이었던 걸까. 돌아가시기 전에 배 아파 낳은 자식의 이름도 얼굴도 내가 누군지도 잊어버리셨지만, 남편으로부터 사랑받았던 20대 초반의 자신이 가장 생각이 났나 보다. 막 시집 와서 사랑받던 시절에 대한 그리움. 이 세상을 떠나기 직전 생각나는 빛나는 순간이란 그렇게 어떤 순간 또는 찰나에 대한 선명한 기억일까.

여덟 살 어린 아내가 홀로 집에서 우두커니 있었을까봐 매달 서점에 들러 따끈한 신간 잡지를 사오셨을 우리 외할아버지. 한국전쟁으로 고향인 황해도 은율을 등지고 내려와 어렵게 5남매를 키우면서도 아내가 환히 웃었던 그 순간을 할아버지께서도 잊지 못하셨던 것 같다. 아내가 좋아하는 모습을 보고 싶어서, '매월 당신에게 주는 작은 선물'이라는 약속을 지키며 그 어려운 시절을 함께 하신 것이다. 어릴 적 외갓집 다락방에 쌓여있던 잡지책은 그저 할머니가 좋아서 보시는 책인 줄로만 알았다. 한결같이 쌓아온 사랑의 선물이었다고 생각하니 두 분은 서로 참 노력하셨던 것 같다. 부부싸움을 해서 냉전기가 있더라도 잡지를 건네며 화해했을 것이고, 잡지 부록으로 나오는 옷본으로 아이들의 옷을 지어 입히며 소소로운 행복을 공유했을 것이다.

나는 외조부모님이 어떻게 만나 어떤 사랑을 했는지 그때까지 잘 알지 못했고 여전히 잘 모른다. 우리는 사랑이 힘들어서 괴로워할 때 친구를 붙들고 이야기하거나 책을 보면서 남의 이야기 속에서 답답함의 실마리를 찾으려 한다. 하지만 사랑의 신화는 가까이에 있다. 조부모님, 그리고 부모님의 사랑과 그 사랑을 이어준 작고 아름다운 선물들의 신화 말이다.

김소월의 시 〈부모〉를 떠올릴 때 마다 나는 그때 왜 외조부모님의 고생담만 알고 있었는지 후회가 된다. 두 분의 러브스토리를 더 듣지 못한 것이 아쉽다.

낙엽(落葉)이 우수수 떨어질 때
겨울의 기나긴 밤
어머님하고 둘이 앉아
옛 이야기 들어라.
나는 어쩌면 생겨 나와
이 이야기 듣는가?
묻지도 말아라, 내일 날에
내가 부모(父母)되어서 알아보랴?

외할머니께서 돌아가시기 전 “참한 남자를 만나야지. 나이 들어 혼자 쓸쓸하면 어떡하니.”라고 늘 말씀하셨다. 참한 남자라는 선물이 온다면, 그가 주는 선물이 무엇이어도 괜찮을 것 같다. 영원한 선물은 선물 그 자체보다 주고받는 그 순간에 대한 따뜻한 각인이거나 충만한 느낌을 오래 함께할 그 사람이기 때문이다.

정명식 • 대목장 궁궐목수

자연에 순응하는 따뜻한 품성과 향기를 가진 나무를 좋아하다 한옥을 짓는 목수로 살며 보수하는 일까지 하게 되었습니다. 나무 만지는 남자가 좋다며 가진 것 없는 목수에게 시집 온 아내와 알콩달콩 살고 있습니다.

이제 할아버지 당신의 연장은 다시 내 손 위에서 움직인다.
이것으로 그 동안 몇 채의 한옥을 지었고,
앞으로 또 몇 채를 지을지는 알지 못한다.
다만 끊어졌던 나의 외가와의 연결 다리를 다시 세워준 연장임은 확실하다.

할아버지의 연장

정명식 • 대목장 궁궐목수

내가 중학생이 되던 해 엄마는 큰 수술을 앞두고 있었다. 그해 추석, 아버지는 가족 모두를 데리고 길을 나섰다. 낯선 동네를 지나 산 아래 주차를 한 다음 한 시간쯤 걸었던 기억이 난다. 산길은 험했고 젖은 풀잎으로 인해 걸을수록 신발과 몸은 점점 무거워졌다. 겨우 찾은 이름 모를 작은 무덤에 우리는 성묘를 했다. 엄마가 우셨고 나는 그 이유를 알지 못했다.

얼마 후 엄마는 수술을 했고 그 후유증으로 장애가 생겨 다시는 그곳에 가지 못했다. 그때가 엄마가 당신의 친엄마 묘에 처음이자 마지막으로 가본 것임을 나는 어른이 되어 알게 되었다.

당시에 아버지 부탁으로 외할아버지는 당신 첫째 부인의 무덤을 35년 만에 찾아 나셨다. 사람의 기억을 떠난 무덤은 겨우 봉분의 흔적만 남기고 숲이 되어 있었다. 나의 아버지는 벌초와 봉분을 다시 정리하셨다고 한다. 그 며칠 뒤 우리를 그곳에 데리고 가신 거였다.

4년 전 추석날이었다.

"이제 할아버지 연장들 다 너가 가져 가라. 그게 맞는 거 같다. 이제 니꺼다"

추석 성묘를 위해 외가의 산소에 갔을 때 우연히 마주친 큰 외삼촌께서 말씀하셨다. 근 십년만의 만남이었다. 20년 전 결혼식을 앞두고 인사 온 적 있는 둘째 외삼촌도 웃으며 반겨주었다. 희끗한 머리가 낯설었다. 다소 어색한 기운이 감도는 가운데 성묘를 마쳤고 우리는 음복을 나누었다.

장애를 가진 나의 어머니는 외가의 조카들과 함께 그늘에 앉아 우리를 보고 계셨고 남자들은 그대로 봉분 옆에 앉아 있었다. 사실 서로를 잘 알지 못하는 상황이어서 형식적인 이야기를 조금 나누다가 이야기가 끊어졌다.

늦여름의 하늘은 푸르렀고 목을 타고 넘어가는 소주는 미지근했다. 마주칠 것 같은 예상은 하고 왔었지만 막상 이렇게 되니 어색함이 가득했다.

"궁에서 일한다며? 큰형님께 이야기 들었다. 니 외할아버지가 외손주가 대목수 되었다고 참 좋아하셨어. 돌아가시기 전에도 니 이야기 참 많이 하셨다. 오늘 잘 왔다. 고맙다."

이십 년 만에 만난 작은 외삼촌은 연신 어깨를 두들기며 손을 잡아 주었다.

그 낯선 살가움이 싫지 않았다. 두 분도 나와 같은 마음이었을까? 1992년에 마지막으로 가 본 외가로 우리는 함께 움직였다.

큰 외삼촌은 명절이면 가끔 집으로 인사를 오기 때문에 몇 년에 한번 씩은 마주쳤다. 하지만 다른 네 분 이모들과 외삼촌은 어린 시절 두세 번 본 게 전부였다.

아무튼 나에게 외가의 추억은 외증조 할머니가 돌아가시던 그 해 1992년이 끝이었다.

엄마가 두 살 때 친엄마가 돌아가셨고, 다음해 새어머니가 집에 들어와

배 다른 동생 다섯을 낳으셨다고 한다. 계모가 아무리 잘해 주어도 그 서글픔은 존재할 터. 엄마 편은 할머니와 대목장이셨던 둘째 작은 할아버지 뿐이었다고 한다. 고집과 성격이 불같았던 목수 할아버지는 화가 나면 마을입구의 직접 지으신 정자로 가셔서 집에 오지 않으셨다고 한다. 그런 날은 아무도 밥상에 앉지 못했고 화를 누그러뜨리는 사람은 나의 어머니뿐이셨다고 한다. 나의 엄마가 할아버지를 찾아 나서면 그때마다 못 이기는 척 집에 들어오셨다. 의도가 어떻든 외톨이 외손녀의 기를 살려 주시려는 건 분명했다. 목수일로 자주 출타하시는 작은 할아버지가 집에 돌아오시면 연장을 매만지거나 동네 집들의 수리를 해주셨다고 한다. 엄마의 놀이터도 할아버지의 작업장이었다고 한다.

생각해보면 내가 어릴 때 집의 선반과 나무 사다리를 아버지가 아닌 어머니가 만든 건 단순히 급한 성격 때문만은 아니셨다. 무언가 필요해 아버지에게 부탁하면 공무원이셨던 아버지는 차일피일 미루었고, 그때마다 어머니가 바로 톱과 망치를 집어 들었다. 성격이 급하고 손기술이 좋은 어머니라고 생각했었는데 알고 보니 할아버지 영향이었다. 배다른 다섯 동생에 비해 어머니는 초등학교 졸업을 마지막으로 교육의 기회를 포기당하셨다. 엄마는 태어나 처음 가본 여행지가 신혼여행지인 제주였다고 한다. 도시에서 학교를 다니는 동생들을 위해 농사지은 쌀과 반찬을 싸는 것도 어머니의 일 중 하나였다고 한다. 서글펐을 그 마음이 짐작이 간다. 얼마나 서글픈 인생인지, 내 가슴이 아프다. 어머니의 기구한 어린 시절을 알게 된 아버지는 화가 나셨는지 우리 자식 넷을 외가에 보내지 않으셨다. 어쩌다 한번 장터에 나오시는 외할아버지가 집에 잠시 들르시면 방에도 들어오지 않으시고 어머니가 따라 주시는 소주 한 잔

하시고 바로 가셨다.

어린 시절 방학이면 누구나 갖게 되는 외갓집의 추억이 나는 거의 없다. 이제 할아버지 당신의 연장은 다시 내 손 위에서 움직인다. 이것으로 그동안 몇 채의 한옥을 지었고, 앞으로 또 몇 채를 지을지는 알지 못한다. 다만 끊어졌던 나의 외가와의 연결 다리를 다시 세워준 연장임은 확실하다.

PS. 할아버지의 손때 묻은 연장은 2015년부터 토지주택박물관에 영구 기증되어 전시가 된다. 미련이 남았지만 기꺼이 기증했다.

한덕택 • 운현궁 예술감독. 문화콘텐츠 기획자

고궁과 한옥을 거닐며 전통의 멋과 풍류를 오늘날에도 신명나게 즐길 수 있기를 꿈꾸는 낭만적 복고 몽상가다. 국문학과와 문화콘텐츠를 전공한 후 운명처럼 궁중 문화와 전통에 빠져 산다. 유무형의 문화유산에 담긴 우리의 정체성을 찾아 동시대의 언어와 감성으로 담기 위해 오늘도 역마살이 인생은 현장을 떠돈다.

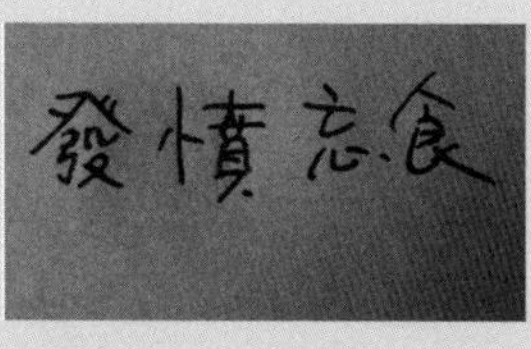

행복하고 싶고 부자가 되고 싶고, 축하를 하는 마음을 담은 민화.
이것을 그리는 선생님의 소박한 마음이 그대로 내게로 다가왔다.
직접 써주신 사자성어 엽서. "발분망식(發憤亡食)"
밥 먹는 것을 잊을 정도로 분발해서 공부에 정진하라는 뜻이다.

내 인생의 좌우명 발분망식(發憤亡食)을 주신 분

한덕택 • 운현궁 예술감독. 문화콘텐츠 기획자

선생님의 양귀비 그림에 글이 함께 올려진 게시물을 보았다. 민화이면서 민화 같지 않은 작품. 빨갛고 분홍빛과 흰빛의 양귀비가 어우러진 꽃다발이 화폭에 가득 담겨 있었다. 선생님이 얼마나 정성을 다해 그림을 그렸는지 한지가 조금 구겨진 모습으로도 잘 느껴졌다. 화조 영모도라 하여 민화들 중에서 이 종목이 가장 많은데, 화조도는 매화, 동백, 진달래, 개나리, 해당화 등 안방장식용으로 쓰였다. 행복하고 싶고 부자가 되고 싶고, 축하를 하는 마음을 담은 민화. 이것을 그리는 선생님의 소박한 마음이 그대로 내게로 다가왔다. 특히 주홍빛 개양귀비는 '약한 사랑, 덧없는 사랑'의 꽃말이 있다. 흰 양귀비는 '잠, 망각'이 있다. 붉은 양귀비는 '위로, 위안, 몽상' 자주색 양귀비는 '허영, 사치, 환상'인데, 이 모든 뜻을 지닌 양귀비를 보며 참 좋구나, 생각했다. 그 붉은 양귀비처럼 위안을 주는 경구를 떠올렸다. 대학 재학 시절, 늘 힘에 부칠 때 보내주신 은사님의 경구였다. 1987년 겨울 새해를 맞이하여 은사님께 문안편지를 올렸더니 직접 써주신 사자성어 엽서.

"발분망식(發憤亡食)"
간결한 네 글자였다. 밥 먹는 것을 잊을 정도로 분발해서 공부에 정진하라는 뜻이다. 지금도 그 네 글자가 마음속에서도 선명하게 떠오른다. 민화를 그리거나 차를 따라주시던 선생님의 평온한 마음이 오래 남아있다. 학문에는 왕도가 없다며 많이 읽고, 많이 생각하고 많이 써봐야 하는 인문학의 길을 걸으신 선생님이자 인생의 대선배님이셨다. 그분이 주신 그 문구는 정말 더 없이 강렬했다. 지금도 게을러지거나, 나태해지면 안 되지 하며 스스로 물을 때마다 은사님이 보내주신 사자성어를 떠올린다.
친필 엽서 외에도, 졸업 후의 내 연락처를 어찌 확인하셨는지 최근에 쓰신 논문과 새로 발간한 책자를 보내주셨다. 그리고 오래전에 차 한 잔으로 격려해주시던 모습이 아직도 마음속에 깊은 고마움으로 남아있다. 서로가 너무나 바빠 못 만나도 민화를 그리시는 모습으로 그 아름다운 발분망식의 몸짓이 힘들 때의 나를 일으킨다. 공부를 게을리 하지 말기를 바라시는 은사님의 사랑이 양귀비꽃의 하늘거림만 같다. 그저 과묵하고 따사롭게 양귀비꽃을 흔드는 바람같이 나를 어루만져주신다.

가끔 저런 훌륭한 분과 사는 아내는 어떤 분이실까? 궁금하기도 하다. 사생활을 물은 적이 없고, 선생님도 말씀하신 적이 없다. 그것은 내적으로 아주 안정감을 느끼고 잘 사신다는 뜻이다. 굳이 말하지 않아도 오고가는 이심전심이 따스하다.
그러고 보니, 과분한 사랑을 받은 것 같다. 소소하지만 기억에 남는

에피소드들이 많다. 한 겨울 난초 화분을 갈아드리고 격려의 선물로 받은 도자기 필통은 지금도 책상 한편에 놓여 있다. 막걸리 한잔 하는 자리에서 실수를 한 나를 다음날 수업을 마치고 연구실로 따로 불러 차 한 잔 타 주시며 나눈 말은 지금껏 가슴을 울린다.

찰리 채플린의 말이었다. 양귀비를 그린 민화가 있던 게시물 속에도 있었다. 베이지색 한지에 단아하게 내려쓴 채플린의 말이.

"인생은 가까이서 보면 비극이지만 멀리서 보면 희극이라"

멀리서 보면 참 코미디 같은 우리네 모습을 우리는 늘 가까이 보며 심각하다. 시간은 빨리 가는데 늘 묶여 힘들어하기 일쑤다. 물결이 물결을 밀어가는 걸 어찌 막을 수 있을까. 아직도 누구 못지않은 열정으로 일하고 탐구하고, 실망시키지 않고, 게을러지지 않으려고 주문처럼 되뇌인다.

자연의 선물, 사회의 선물

도연 스님 • 산새스님. 조류연구가

철원의 지장산 골짜기에서 홀로 정진한 지 18년이 지났나. 산새들을 글과 사진으로 기록했다. 새는 무소유의 미덕을 가르친다. 깃털 하나로 살아가고 쓰레기를 만들지 않는다. 가벼워야 날 수 있다는 진리를 가르친다. 새는 곧 부처다. 졸서로는 나는 〈산새처럼 살고 싶다〉 〈철원의 새 두루미〉 〈연탄 한 장으로 나는 행복하네〉가 있으며 최근 그림동화 〈할머니와 황새〉를 펴냈다.

나를 바다 건너 세상으로 안내한 봉순이
봉순이는 무논을 걸어다니며 물달팽이,
투구새우 등 수서생물을 먹거나 미꾸라지,
개구리, 드렁허리 따위를 잡아먹었습니다.

봉순이 소식

도연 스님 • 산새스님. 조류연구가

2014년 4월 중순 경상남도 김해시 한림면 화포천 부근에 황새 한 마리가 날아왔다. 한국에서 번식하던 황새는 1971년을 전후로 환경변화로 모두 멸종했으며, 겨울이면 러시아에서 월동을 위해 내려오는 황새만 존재했다. 그런데 4월에 멸종된 줄 알았던 황새가 나타났다니! 나는 호기심이 발동해 김해로 내려갔다. 그리고 들판에서 어렵사리 황새를 찾아냈다. 황새는 김해시 한림면 화포천과 봉하마을 농경지를 오가며 먹이활동을 하고 있었다. 그런데 황새의 다리에 알록달록한 가락지가 부착되어 있었다.

일본도 한국과 거의 같은 시기에 텃새황새가 멸종했다. 이어 황새복원을 통해 2005년부터 복원증식된 황새를 자연방사하기 시작했다. 김해에서 발견된 황새는 방사한 황새의 2세였고 J0051 이라는 번호를 가졌다.

나는 녀석에게 봉하마을에 온 여자아이라는 뜻으로 '봉순이'라는 이름을 붙이고 보호활동을 시작했다. 한국은 야생 황새의 생태에 대해서 이렇다

할 자료가 없었다. 그런 뜻에서 봉순이는 연구대상이 분명했다. 하지만 봉순이는 연구대상이기 전에 인간에 의해 탄생한 생명체로서 존중 받아야 한다는 게 내 생각이었다.

모심기를 위해 농경지에 물을 대고 써레질이 시작되었다. 봉순이는 무논을 걸어다니며 물달팽이, 투구새우 등 수서생물을 먹거나 미꾸라지, 개구리, 드렁허리 따위를 잡아먹었다. 철탑 꼭대기에서 잠을 잤다. 모심기가 시작되고 벼가 자라면서 봉순이는 화포천으로 이동해 먹이활동을 했다. 그러나 관찰 결과 먹는 양이 충분하지 않았다. 8월 무더위가 시작되면서 봉순이는 쉬는 시간이 더 많았다.

연구소 우리 안에서 황새는 하루에 800g~1kg의 먹이가 필요하다. 야생에서라면 활동량이 많아 이보다 더 먹어야 할 것이다. 그러나 환경이 변한 농경지에는 먹이가 부족했다. 나는 '먹이풍부화프로그램'의 일환으로 미꾸라지를 구입해 논에 풀어주기 시작했다. 고압선철탑 위에 앉아있던 봉순이는 미끄러지듯 날아와 논에서 먹이를 잡아먹었다. 봉순이와의 소통과 교감은 이렇게 시작되었다.

김해에서 5개월을 보낸 봉순이는 10월 21일 경남 하동 습지로 이동했다. 거기서 두 달을 머물던 봉순이는 서해안을 따라 천수만과 화성호 습지까지 이동했다. 봉순이는 1년 동안 김해에서 천수만까지 2번을 왕복하며 활동했고 다시 일본으로 돌아갔다. 봉순이를 관찰하면서 한국에 도래하는 야생황새를 기록하고 한국 최초로 야생황새 지도를 만들었다. 이런 활동은 국내 학계에도 알려졌지만 일본에 더 알려졌고 2014년 7월 일본에서 열린 국제황새학회에서 발표되었다. 2014년 7월부터 2015년 9월까지 황새와 관련하여 모두 네 번 일본을 방문했고 봉순이와는 두 번의 상봉시간을 가졌다. 특히 9월에는 일본에서 한국의 황새 사진전을 열었다. 사실 나는 여태까지 일본을 잘 몰랐다. 역사, 문화, 전통 등 어느 것 하나 제대로 아는 게 없었다. 그나마 안다는 것도 얕고 추상적인 것들이었다. 봉순이는 일본을 새로운 시각으로 들여다보게 했다. 일본이라는 나라, 한국과 일본의 관계, 미래 등에 대해 생각하게 되었다. 요즘 나의 공부는 이토히로부미를 총격한 독립군 안중근까지 왔다. 불행인지 다행인지 안중근에 대한 기록은 일본측의 자료에 의존할 수밖에 없다. 일본측의 자료가 아니면 안중근이 얼마나 위대한 인물인지 밝혀지지 않았을지도 모른다. 일본은 이렇게 알쏭달쏭한 나라다. 봉순이 소식은 일본 요미우리 신문의 사토시 마즈다 기자가 사흘에 한 번씩 알려오고 있다. 하느님은 새에게 손대신 날개를 선물했다. 소유하지 않아야 자유롭게 날 수 있음을 가르치고 있는 것이다. 나를 바다 건너 세상으로 안내한 황새, 봉순이. 2014년과 2015년은 황새 봉순이에게서 큰 선물을 받은 해로 기억될 것이다.

우영창 • 시인. 소설가

기념일을 안 챙긴다. 내 생일도 그냥 지나가는 편이 낫다고 생각한다. 대신 평일을 좋아해, 평일 오후에 어슬렁거리다 보면 컨디션이 올라온다. 고독의 진정한 의미를 잘 모르며 가끔 이 상태가 외로운 건지 지루한 건지 헷갈릴 때가 있다. 네 번째 장편소설을 막 끝냈다. 내 삶이 졸렬해서 내 문체도 졸렬해지는 거 같다. 가끔은 멋질 수도 있었을 터인데... 장편소설 〈하늘다리〉 〈성자 셰익스피어〉 〈더 월〉, 시집으로 〈구미시 이번도로〉 〈사실의 실체〉가 있다.

우리를 불안하고 불편하게 하는 것,
그것도 행복의 한 형태임을 연극은 웅변하고 있다.
'고곤의 선물'은 내게 두 가지 선물을 동시에 주었다.
하나는 고통스러운 심정으로,
또 하나는 행복한 느낌으로 자주 열어보게 될 것 같다.

고곤의 선물

우영창 • 시인. 소설가

'고곤의 선물', 2014년 가을 이런 제목의 연극을 보러 세종문화회관에 갔다.
언제부터인가 팸플릿을 보지 않고 공연을 감상하는 버릇이 생겼는데, 이게 근사한 점은 그냥 그 시간을 백치 상태로 즐길 수 있다는 것이다. 무슨 내용인지, 누가 출연하는지, 누가 무슨 평을 했는지, 관객의 반응은 어떤지, 그런 걸 모르다 보니, 또는 얼핏 알다 보니, 그저 보이는 대로 들리는 대로 감상하게 된다는 거다. 이런 감상법을 누구에게 권하고 싶은 생각은 없다. 허나 서너 번 정도만 그렇게 하면 이런 감상법도 나름대로 장점이 있구나 할지도 모르겠다.

'고곤의 선물'도, 막이 내리고 나서야 팸플릿을 보았다. 연극에 관심이 있는 이들이라면 '고곤의 선물'이 '에쿠우스'의 작가인 '피터 쉐퍼'의 작품으로 2003년 이후 격찬을 받으며 수차례에 걸쳐 재공연 되었다는 걸 알고 있겠지만, 한 동안 연극과 멀어졌던 나는 그저 포스터에 나와 있는 대로 피터 쉐퍼의 작품이라는 것만 알고 공연을 보았다. 배우들에 대한 정보도 내게는 없었다. 내가 알고 있는 배우들이란 주로 70년대에서 90년대에 활약하던 배우들이었다. 그때만 해도 자주 객석에 앉아 있었고 뒤풀이에 끼어 한 잔 하는 영광도 가끔 주어졌다. 나는 연기에 대한 배우들의 순수한 열정이 좋았고 소박한 무대에서 그들이 내뿜는 열기가 그립도록 좋았다. 그리고 뒤풀이에서 찌개 하나와 소주 대여섯 병을 놓고 인생과 연극을 얘기하며, 영화계로 빠진 몇몇을 씹는 밤에 편승하는 게 좋았다. 당시만 해도 무대를 떠난 배우가 영화 쪽에서 좀 뜨면 예술을 배반한 자 취급을 받기 십상일 때였다. 그래도 영화 쪽 배우가 나타나면 술은 넙죽넙죽 잘도 얻어 마셨던 걸로 기억한다.

고곤은 그리스어로 메두사라는 뜻이다. 메두사는 죽을 때 두 종류의 피를 흘리는데 그것은 독약과 치료약이다. 즉 폭력과 용서로, 이 두 테마에 대한 격렬한 대립이 작품의 주를 이룬다.
극작가인 에드워드 담슨은, 상업극보다는 보다 본질적인 작품을 쓰려 하나 차차 영감이 고갈되고 마비되는 증세를 겪는다. 이러한 증세는 김태훈에 의해 기괴할 정도로 강렬하게 표현되고 있는데, 과장되어 보이는 동작조차도 진실의 어두운 면을 담보하고 있어 보인다. 극작가의 아내인 헬렌역의 김소희는 그 발성이 마치 고대에서 건너온 듯 울림을 갖고 있고, 고갈된 내부의 황량한 풍경을 섬뜩할 정도로 펼쳐 보인다.
극이 진행되면서 부부의 애증이 극단으로 치닫는 과정을 두려운 마음으로 지켜보며, 미쳐가는 남편이 절벽에 몸을 던지는 광경을 회상하는 아내의 공허한 모습을 보며, 나는 사랑과 증오, 보복과 자비라는 숙제를 안고 자리에서 일어났다. 그 숙제는, 남녀 관계 뿐 아니라 전쟁과 테러 같은 폭력사태에 대한 우리의 대응이 어떠해야 하는지에 대한 원론적인 물음을 품고 있었다.

보복이냐 자비냐? 당시만 해도 나는 이 문제에 대해 깊이 숙고해 보지 않았던 것 같다. 그러나 지금, 테러의 공포로 전 세계가 초긴장하고 있고, 테러에 대응하는 국가별 이해관계가 복잡하게 얽혀 있는 시점에, 고곤의 선물은 국가뿐 아니라 한 개인인 나 자신에게까지 보복과 자비라는 두 카드를 꺼내 들고 선택을 촉구하고 있다.

그 외에도 '고곤의 선물'이 내게 준 선물이 있다. 그것은 연극은 여기 이렇게 의연하게 존재하고 있다는 것이다. 연극은 매우 심원한 충격이고, 삶의 재발견이며, 우리를 또 다른 방식으로 성찰케 하는 막강한 장르임을 나는 새삼 깨닫고 있다. 우리를 불안하고 불편하게 하는 것, 그것도 행복의 한 형태임을 연극은 웅변하고 있다. 그러므로 '고곤의 선물'은 내게 두 가지 선물을 동시에 주었다. 그 선물을 아마도 하나는 고통스러운 심정으로, 또 하나는 행복한 느낌으로 자주 열어보게 될 것 같다.

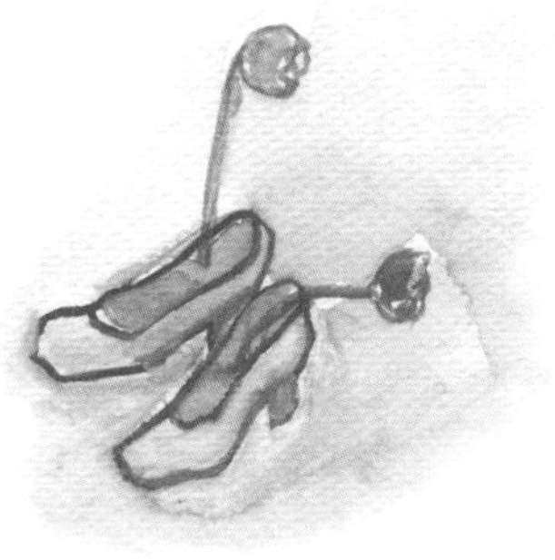

선물의 시들

작은 시집

축복의 기도

이제 또 한 사람의 여행자가
우리 곁으로 왔다.
그가 우리와 함께 있는 날들이
웃음으로 가득하기를.
그의 집 위로 부드럽게 불기를.
위대한 정령이 그의 집에 들어서는
모든 이들을 축복하기를.
그의 모카신 신발이
이리 저리 눈 위에
행복한 발자욱을 남기기를.

체로키족 인디언들의 아기 탄생을 축복하는 기도
모카신은 인디언들의 소가죽 신발

사랑의 선물

김소월

임 그리고 방울방울 흘린 눈물
진주같은 그 눈물을
썩지 않는 붉은 실에
꿰고 또 꿰어
사랑의 선물로서
임의 목에 걸어줄라.

김소월_(1902~1934) 한국의 전통적인 한과 짙은 향토성을 전통적인 서정으로 노래하여 오늘날까지 많은 사랑을 받고 있다. 《진달래꽃》《엄마야 누나야》《산유화》 외 많은 명시를 남겼다.

14편의 기도노래

프랑시스 잠

밤과 같은 기분입니다. 하지만 역시 나는
장밋빛 안개 속에서 토끼가 털을 매만지는
사랑스런 아침과 같이 맑은 마음이고 싶습니다

나비들은 희미한 바람의 산들거림에도 순종합니다
축제날에 착한 아이들이
당신을 향해 던지는 꽃잎과 같이
하나님, 아침입니다. 기도소리는 이미 당신을 향해

하나님, 온화하게 오늘도 또한
어제와 같이 매일의 생활이 시작됩니다
저 나비처럼, 저 노동자처럼
태양을 먹는 매미나
서늘하고 어두운 녹음에 숨은 저 티티새와도 같이
오오 하나님, 나 또한 될 수 있는대로 순하게
생활을 보내도록 해주십시오.

프랑시스 잠__(1969~1938) 프랑스의 시인, 소설가. 상징주의를 떠나 자연주의(Naturism)이라는 새로운 사조를 추구하며 자연으로, 어린아이 같은 단순함으로 돌아갈 것을 촉구. 명성을 얻은 뒤에도 시골에 남아 마을사람들과 똑같은 일상생활을 지켰으며 2차대전 이전 세대의 젊은 시인들에게서 존경받는 원로로 생을 마감했다.

선물

기욤 아폴리네르

당신이 원하시면
나의 명랑한 아침을
당신께 드리겠어요
또한 당신이 좋아하는
나의 빛나는 머리카락과
나의 푸르스름한 금빛 눈을 드리겠어요
당신이 원하시면
따사로운 햇살 비치는 곳에서
아침에 눈뜰 때 들려오는 모든 소리와
그 가까이 분수에서 흘러내리는
감미로운 물소리를 당신께 드리겠어요

이윽고 찾아든 저녁노을과
내 쓸쓸한 마음으로 얼룩진 저녁
조그만 내 손과
당신 마음 가까이
놓아둘 나의 마음을
기꺼이 당신께 드리겠어요

기욤 아폴리네르__프랑스 시인, 평론가 『Alcools』『Calligrammes』 등의 시집과 희곡 『티레지아의 유방(Mamelles de Tiresias)』에서 쉬르레알리슴이란 말을 처음 사용. 후일 앙드레 브르통 등이 이 말을 써서 유명하다.

선물 교환

사라 티즈데일

삶은 아주 멋진 것들을 팝니다
한결같이 아름답고 훌륭한 것들을
벼랑에 하얗게 부서지는 푸른 파도
컵처럼 경이로움을 가득 담고
쳐다보는 아이들의 얼굴.
금빛으로 굽어드는 음악소리
비에 젖은 솔 내음
당신을 사랑하는 눈매, 보듬어 안는 팔,
전 재산을 털어 아름다움을 사세요
사고 나서는 값을 따지지 마세요
한 순간 빛나는 기쁨을 위해
당신의 모든 것을 바치세요

사라 티즈데일__20세기 초 활동한 미국의 여성시인. 섬세하고 감미로운 서정시로 알려졌다.

노동자들을 위한 선물

노동자여

아틸라 요제프

잠시 연장을 내려놓게, 자네의 가슴을
쇠처럼 완고한 친구들과 함께 풀어놓게,
이제는 기억에서 희미해진 형제들,
고목의 뿌리를 감싸고 있는 형제들,
그들에 대하여 할 말이 많다네.
고목 아래 서로 따뜻하게 엉켜
별무리의 달콤한 우유를 먹고,
위로의 노래를 부르기 원하는 뱀들의 그림자는
겁 많은 아이들의 꿈에서 스르르 미끄러져 나가지만
하늘의 젖소가 풍성하고
따뜻한 선물을 가지고 올 때쯤이면
새파래졌다 곧 희미해진다네.
내가 새를 가져왔네, 자네가 원한 것이지,
솔직히 말하고 싶네. 자네가 원하는 바이니까
나의 손길이 간 모든 것은
이제 자네의 손안에 있네.

아틸라 요제프__20세기의 위대한 헝가리 시인으로 17세 때 첫번째 시집을 출판했으나 죽은 뒤에야 참다운 명성을 얻었다.

고아들을 위한 선물

고아들의 새해 선물

아르튀르 랭보

Ⅳ

아! 참으로 즐거운 일이었다. 몇 번이나 되풀이 되었던 그 말은, -그러나
어찌하여 이렇게도 변해버렸던 말인가. 그 옛날의 이 집은!
난로에는 그토록 많은 장작이 훨훨 불타오르고 있었다.
고풍스런 방안은 온통 구석구석까지 빛나고 있다.
큰 난로에서 올라오는 진홍빛 불빛의 반사가 니스칠을 한 가구들 위에서
춤추는 것이 즐겁기 그지 없었다.
찬장에는 자물쇠가 걸려있지 않았다. 자물쇠가 없었던 큰 찬장!
검은 색깔을 띈 갈색의 문을 몇차례나 지켜보곤 하였다.
이상하게도 열쇠는 없었다! 자물쇠가 없었던 찬장의 목재로 된 내부에
잠자고 있었던 신비로움을 두 어린아이는 몇 번이나 꿈꾸었던 것일까.
그리고 그들의 귀를 기울였다. 활짝 열린 자물쇠의 깊은 내부로부터
들려오는 막연한 즐거운 소리에.....
그러나 지금은 거실이 텅 비었다.
문간에서 새어나오는 불빛도 없구나
양친도 없고, 난로도 없고, 소용없는 열쇠도 없다.
그러므로, 입맞춤도 없고, 뜻밖의 선물도 있을 리 없다.
일년의 시작이라고 하는 이 새날이 두 어린아이에게는 얼마나 쓸쓸한
날이겠는가.

–완전히 슬픔에 젖은 두 어린아이의 푸른 눈에서는 쓰디 쓴 눈물이 소리없이 흘러내리고, 그들은 함께 중얼거렸다.

"우리들의 어머니는 언제 돌아오실까?"

장 니콜라 아르튀르 랭보__(1854~1891) 프랑스 상징주의의 선구자로 해체와 파괴의 시 세계를 펼쳐 나가며 이후 초현실주의 및 현대시에 막대한 영향을 끼쳤다.

아낌없는 선물

이게 다 당신 거예요!

에드너 St. 빈센트 밀레이

활짝 핀 손에 담긴 사랑, 그것밖에 없어요.
보석 장식이 없고, 숨기지도 않고, 상처 주지 않는 사랑,
누군가 모자 가득 앵초 풀꽃을 담아 당신에게
불쑥 내밀 듯이, 아니면 치마 가득 사과를 담아 주듯이,
나는 당신에게 그런 사랑을 드려요. 아이처럼 외치면서요.
"내가 무얼 갖고 있나 좀 보세요! 이게 다 당신 거예요!"

에드너 St. 빈센트 밀레이_(1892~1950) 미국 시인 겸 극작가. 처녀 시집《재생 기타》를 발표했고《한밤중의 대화》등 많은 시집을 발표했다. 소네트를 가장 장기로 한 순수한 서정 시인이었다.

봄 선물

제비

파블로 네루다

돌아온 제비는
마알간 편지 하나를 가져왔다,
대기로 쓴 편지 하나,
봄 아지랑이로 쓴:
날으며, 가로지르기도 하고, 금을 긋기도 하고, 날으며
비단결 같은 고운 몸짓으로
화살이 날으듯, 화살이 간 곳을 찾아.

그 뒤, '까만 섬'의 거품으로
되돌아왔다고 한다
제 집이나 된 듯 바다의
하늘에서 춤추며
그 하늘에서 떨어뜨린
철이른 향기 하나
투명한 편지로 써온
내게 알리는 봄 소식.

파블로 네루다__(1904~1973) 칠레 국민시인. 빈농의 아들로 태어나 1971년 노벨 문학상을 수상했다. '사랑의 시인' '자연의 시인' '민중시인' 등 다양한 수식어가 따르는 파블로 네루다는 그의 삶이 바로 시였고, 그의 시가 바로 삶이었다.

노을 선물

프레데릭스테드, 황혼녘

데릭 월코트

황혼, 가장 돈 안드는 그림 전시회– 이것만을
기다리던 노인들. 그들은 빈 상자마냥
아침부터 양로원 밖에서 진을 치고서.
솟아나는 저녁놀로 눈을 채운다.
그리고 한 줄로 앉아 잔잔한 햇살을 받아
프레데릭스테드의 아주 보잘 것 없는 돌맹이에도
순간적인 빛발을 모으나니.
대기를 밝히는 건 사람의 힘에 벗어난 듯,
마치 바위에서 혼자 살갗을 태우는 계집아이처럼.
윤기나는 살갗이 모래같이 되고 온기를 잃게 하는 건
나이말고 무슨 까닭이든 그들은 늙은 몸.
그러나 여느 사람들 못지 않게 내부에서 빛을 띠리라.
우리 인생의 요약, 삶과 죽음 사이에 놓인 다리처럼.
그리고 이들은 또 기다리지 않는 모습으로 기다렸다.
알맹이 빛과 알맹이 없는 돌을.

데릭 월코트__(1930~) 영연방 세인트 루시아 태생. 1992년 노벨문학상 수상. 미국 보스턴대학교 영문학과 교수로 재직중.

나를 깨닫게 하는 새의 선물

새들은 길을 노래한다

윤후명

빼꾸기가 울고 지나간 하늘
까마귀가 뒤를 이으니
고맙기도 하여라
살아감과 죽어감이 똑같다니
내가 나라는 걸
새들은 이미 노래하였다
그곳에 길을 새로이 내고
노래로 닦고자 함을
알고 있는 게 새들이었다
지나온 시간은 모두 꿈같다고
새들의 노래결은 들려오건만
빼꾸기의 뒤를 이은 까마귀 소리에
내 삶을 가만히 놓아본다
이것이구나,고맙기도 하여라

윤후명__한국 대표 소설가. 시인. 화가.1946~ 강원 강릉태생. 대표작 〈약속없는 세대〉 〈협궤 열차〉 등이 있다.

익살맞고 따스한 고민의 선물

시장에서

황인숙

그를 위해 무얼 살까 둘러보았죠
수줍은 제비꽃에 벗은 완두콩.
그에게는 아무짝에 소용없는 것.
그럼그럼 딸길 살까 바나날 살까?
아니면 익살맞은 쥐덫을 살까?
그를 위해 무얼 살까 둘러보았죠
한 쾌의 말린 뱀, 목에 늘인 할아범
아아아아 재밌어 이걸 사줄까?
뽀골뽀골 미꾸라지 시든 오렌지
아니면 특제실크덤핑넥타이
아아아 재밌어 이걸 사줄까?

황인숙_시인. 1984년에 경향신문 신춘문예 당선. 〈새는 하늘을 자유롭게 풀어 놓고〉 〈슬픔이 나를 깨운다〉 등 다수의 시집과 소설이 있다.

은근히 야했어야 할 선물

당신이라는 선물

신현림

당신은 나를 안고 다니는군요
그러다 스카프처럼 길에 흘리시면 어쩌시려구
스카프는 아니어도 스카치테프처럼
저를 가슴에 붙이시다니요

저와 하나가 되어 함께 걷고
함께 노래하고 함께 잠든다니
이제 홀로 어디를 가도 두렵지 않고
어두운 밤 삼청공원이나
비오는 광화문길을 가도 외롭지 않겠어요

한강물 위로 몸이 쏟아질 듯
일이 안풀릴 때도 당신과 함께임을 느낍니다
남과 북으로 우리 이제 나뉠 수 없어요
나뉘지 않는 하늘 흰구름 오가듯이
나뉘지 않는 바다
흐르고 흘러 넘치듯이

신현림__시인. 사진가. 시집 《지루한 세상에 불타는 구두를 던져라》 《세기말 블루스》 《해질녘에 아픈 사람》 《침대를 타고 달렸어》를 냈다.

더 가까이
가고 싶어
눈사람
혼자는
외로워
눈사람

인생이란

찬란하고 고마운 선물

디오게네스가 원한 선물

햇살을 가리지 마시오!

알렉산더 대왕이 인도로 가는 도중, 그리스 최고의 지성 디오게네스라는 철학자에 대해 들었다.
당시 아테네에서 자주 오른 두 사람이었다. 알렉산더는 황제는, 온지구에 왕국을 세우고 싶었고, 디오게네스는 정확히 그 반대였다. 벌거벗고 살았으며 단 한 가지도 소유하지 않았다. 처음에 그는 물을 마시거나 음식을 구걸하기 위한 그릇마저 강가에서 물을 마시던 개를 보자 던져버렸다. 이후 그는 친구삼아 평생 개와 함께 살았다. 왜 개와 함께 다니느냐고 누가 물어오면 이렇게 말했다.

"이 개를 만나기까지 나는 지성적이지 못했다. 개는 인간들보다 더 지성적이다. 개를 지켜보는 것은 나를 깨어있게 만든다. 개는 지금 이 순간에 살며, 어떤 것에 의해서도 고통 받지 않고, 어떤 것도 소유하지 않는다. 그리고 아주 행복하다. 아무것도 갖고 있지 않으면서 모든 것을 갖고 있다. 난 아직 그렇게 만족하지 못하고 있으며, 아직도 내 안에 어떤 불편함이 남아있다. 내가 그처럼 되었을 때 나는 완전한 깨달음에 이를 것이다."

어느 겨울 아침 알렉산더는 디오게네스가 보고 싶었고, 그가 자신이 지나는 길 가까운 강둑에 있음을 알고 갔다. 마침 디오게네스는 벌거벗고 일광욕을 하고 있었다. 환한 햇살이 쏟아졌고, 모든 것이 아름답고 조용했으며, 그 곁으로 강물이 흘러갔다.

알렉산더는 자신을 그에게 알린 후 필요한 걸 말하면 돕고 싶다고 했다.

그러자 웃으면서 디오게네스가 이렇게 말하였다.

"다만 약간만 옆으로 비켜 서 달라. 당신은 지금 나의 태양을 가로막고 있다. 그것이 당신이 내게 해줄 수 있는 유일한 것이다"

산타클로스의 선물

사랑을 나눠야 해

산타클로스는 세인트 니콜라스(聖 니콜라스)라는 사람의 이름에서 유래된 것이다. 산타클로스는 실존 인물이다. 우리가 아는 산타는 흰 눈으로 덮인 나라에서 루돌프가 이끄는 썰매를 탄 빨간 옷의 뚱뚱한 할아버지가 아니다. 산타클로스의 원래 이름은 3세기경 로마 제국 시절 터키 사람인 성(Saint) 니콜라스라는 사람이었다. 더운 나라에서 살던 그는 몸이 마른 독실한 크리스트교인이었다. 성 니콜라스의 이름은 네덜란드에서 영국으로 알려지는 과정에서 산타클로스라고 바뀌었다. 니콜라스는 자신이 살던 마을의 가난한 아이들을 보면 늘 마음이 아팠다. 그는 자기 이름을 밝히지 않고 장난감과 음식을 몰래 선물했다. 산타클로스가 양말에 선물을 준 것은 성 니콜라스가 가난한 이들을 도울 때 밤에 몰래 양말 안에 금화나 재물을 넣었기 때문이다. 이것이 아이들이 가슴 설레 하는 크리스마스의 풍성하고 아름다운 이야기의 배경이 되고 있다.

독특한 뒤샹의 선물

파리의 공기

'파리의 공기'는 뒤샹이 파리에서 뉴욕으로 돌아오는 길에 자신의 후원자 아렌스버그를 위해 준비한 선물이었다. 아렌스버그는 미국 시인으로 뉴욕에 정착한 후 오랫동안 아방가르드 문학과 예술가들의 심야 모임을 후원하였다. 그리고 그는 통 큰 모던아트의 컬렉터였다. 집세와 생활비 전액을 지원해줬던 아렌스버그를 위해 대부분의 작품을 선물했다. 약사에게 혈청이 담긴 유리 앰풀을 비우게 한 뒤 태어난 뒤샹의 3번째 레디메이드 작품이 〈파리의 공기 500cc〉다. 이 작품은 아렌스버그의 옆집에 사는 어린이가 놀러왔다가 깨버렸다. 그게 예술작품인지 몰랐던 것이다.

마르셀 뒤샹__(1887-1968) 프랑스태생 미국 화가. 미술 작품과 일상용품의 경계를 허물었다. 〈계단을 내려오는 누드 2 Nude Descending a Staircase, No. 2〉(1912)로 큰 화제를 불러일으킨 뒤 다른 그림은 거의 그리지 않고, 관습적인 미적 기준을 무시하고 유명한 레디메이드 작업으로 미술의 혁명을 예고했다. 다다이스트들과 가깝게 지냈으며, 1930년대에는 초현실주의 미술가들의 전시회를 여는 데 도움을 주었다. 1955년에 미국 시민이 되었다.

오드리 헵번의 선물

도와주는 손

아름다운 입술을 갖고 싶으면,
친절한 말을 하라.
사랑스런 눈을 갖고 싶으면,
사람들에게서 좋은 점을 보아라.
날씬한 몸매를 갖고 싶으면,
너의 음식을 배고픈 사람과 나눠라.
아름다운 머리카락을 갖고 싶으면,
하루에 한번 어린이가 손가락으로
너의 머리를 쓰다듬게 하라.
아름다운 자세를 갖고 싶으면,
너 혼자 걷고 있지 않음을 명심하며 걸어라.

사람은,
그 다른 어떤 '대상'보다도 우선적으로
그리고 더 많이
상처로부터 치유되어야 하며
낡은 것으로부터 새로워져야 하고
병으로부터 회복되어야 하고
무지함으로부터 교화되어야 하며

고통으로부터 구원 받고 또 구원 받아야 한다.

결코 누구도 버려서는 안 된다.

기억하라.
만약 도움을 주는 손이 필요하다면
너의 팔 끝에 있는 손을 이용하면 된다.
더 나이가 들면 손이 두 개라는 것을
발견하게 될 것이다.

한 손은 너 자신을 돕는 손이고
다른 한 손은 다른 사람을 돕는 손이다.

이 시는 '오드리 헵번 유언'으로 유명한 '샘레벤슨'(Sam Levenson)의 "Time Tested Beauty Tips"라는 시이다. 유명한 영화배우인 오드리 헵번은 생의 후반기를 아프리카에서 보내며 나눔의 삶을 살았다. 이런 그녀의 휴머니즘은 세계인을 감동시켰다.

무라카미 하루끼의 선물

선물 잘 고르는 사람

선물을 잘 고르는 사람을 보면, 선물 고를 때 에고가 드러나지 않는다. 대부분의 사람은 '이것은 내 마음에 드네.' 하며 자기 마음이 앞선다. 하지만 선물 잘 고르는 사람은 자연스럽게 상대의 입장에서 상대의 마음이 되어 물건을 고른다. 조금 노골적으로 말하자면 분명 선천적인 자질이 아닐까.

무라카미 하루키_(1949~) 일본의 대표적 세계인기작가. 『바람의 노래를 들어라』 등 대형 베스트셀러를 낳았다.

귀한 선물을 주십시오

M.M. 마고

귀한 선물을 주기 위해서는
돈이 필요하다고 누가 말했던가요?
당신은 돈이 많지 않거나
아마 전혀 없을지도 몰라요
돈을 가지고 있어야 할 필요는 없어요
오직 부자들만이 줄 수 있다고는
생각하지 마세요

귀한 선물을 주는 데는
아무도 당신을 따를 수 없어요.

대화, 관심,칭찬, 통찰력,
시간, 정력, 협력 그리고 특히 사랑,
이런 것들이 귀한 선물이지요
이런 선물은 어떤 귀한 선물보다도
귀중한 선물이에요
그리고 당신이 줄 수 있는 선물들일 수 있어요.

M.M. 마고__신앙작가.

어머니의 선물, 아버지의 선물

부모 은중경

어머니의 은혜는 다음처럼 나누어 들 수 있다. 아이를 잉태하여 열 달 동안 온 정성을 기울여 지키고, 보호해 준 은혜, 해산할 때 괴로움을 겪는 은혜, 자식을 낳고도 모든 근심을 잊는 은혜, 입에 쓴 음식은 삼키고 단 음식은 아이에게 먹여주는 은혜, 마른 자리 골라 아이 눕히고 진자리에 눕는 은혜, 자식을 위해 온갖 궂은 일을 다 하는 은혜, 늙어 죽을 때까지 자식을 사랑해주는 은혜가 그것이다.
아버지가 없다면 태어날 수 없고, 어머니가 없다면 성장할 수 없다. 생명은 아버지로부터 받고 육체는 어머니로부터 받는 것이다. 이렇듯 사람은 태어나면서부터 어머니의 가슴을 잠자리로 하고, 어머니의 무릎을 놀이터로 하고, 어머니의 젖을 음식으로 하고, 어머니의 정을 생명으로 삼는다. 그러므로 가령 왼쪽 등에 아버지를 업고, 오른쪽 어깨에 어머니를 업고서 수미산*을 백번 천번 돌아서 뼈가 닳아 골수가 드러난다 하더라도 부모님의 깊은 은혜는 다 갚을 수가 없느니라.

부모 은중경_출가하여 깨달음을 얻으라는 불교의 가르침. 조선 시대에 널리 읽혀졌으며, 삽화를 곁들인 언해본 출판도 성행했다.

게르하르트 바우어 신부의 선물

고통으로 깊어지는 관계의 선물

서로 너무나 사랑하는 연인들이 있었다. 어느 날 여자가 잘 웃지도 않고 기운이 없어 보였다. 남자는 여자의 기분을 좋게 해주려고 음식과 선물을 준비했지만, 그녀가 힘겹게 말문을 열었다. '나를 사랑한다고 하지만, 당신은 내 아픔이 뭔지 몰라요. 알려고 하지도 않고 그저 기분만 좋게 해주려고 하네요. 그 점은 저도 고마워요. 하지만 사랑은 상대방을 기분 좋게 해주는 게 아니라 같이 아파해주는 거라 생각해요'

이것은 우리의 많은 인간관계가 얼마나 피상적인지 보여준다. 우리는 주변 사람들이 어떤 아픔을 겪는지 알고 있을까. 아픔의 문제는 들어주기만 해도 해결될 때가 많다. 그저 그 상황을 함께 얘기 나누는 것만으로 희망이 될 수 있다. 그럼 그 시간이 그 사람과 깊이 있는 대화를 나눌 시간임을 잘 알게 된다.

고통은 심오한 방식으로 사람들을 연결시킨다. 당신이 누군가의 고통을 알게 되면, 그가 지닌 비밀 중 일부가 당신에게 선물로 온 것이다. 또한 만약 누군가가 당신의 고통을 알게 된다면 당신은 당신 비밀의 일부를 밝힌 것이 된다. 우리가 먼저 타인의 아픔을 향해 마음을 열고 자신의 아픔도 함께 나누려고 노력한다면 사랑의 기회는 더 많아진다. 그러면 그때 다른 사람과의 관계가 전보다 더 깊어졌음을 깨달을 것이다.

게르하르트 바우어__(1941~) 독일 태생의 가톨릭 사제이자 신학 박사다. 현재 '사제들을 위한 사목자'로 사제들의 영성 상담 및 영성 지도를 맡고 있다.

헨리나우웬의 선물

우정의 선물

인간이 받을 수 있는 가장 큰 선물 중의 하나입니다. 그것은 같은 목적과 이해관계, 같은 역사를 뛰어넘는 하나의 초월적 결합입니다. 그것은 성적 결합보다 더 강하고, 공동의 운명이 결속시킬 수 있는 것보다 더 깊으며 심지어 결혼이나 공동체의 결속보다 더 친숙한 결합입니다.
우정은, 비록 우리가 기쁨을 더하거나 슬픔을 덜하게 할 수 없을 때에라도, 그 기쁨이나 슬픔 가운데에 다른 사람과 함께 있는 것입니다. 우정은 사랑에 고귀함과 성실함을 더해주는 영혼의 결합입니다.
우정은 모든 생명을 밝게 빛나게 합니다. 친구를 위하여 자기 생명을 버리는 이는 축복받은 사람입니다.

헨리 나우웬__(1932~1996) 네덜란드 출신의 미국의 로마 가톨릭 사제이자 세계적인 영성작가.

오마르 카이얌의 선물

걱정에 지지마

슬픔이 너를 지배하도록 내버려두지 말라.
쓸데없는 근심이 너의 날들을
뒤흔들게 내버려두지 말라.
책과 사랑하는 이의 입술을
풀밭의 향기를 저버리지 말라.
대지가 너를 그의 품에 안기 전에
어리석은 슬픔으로
너 자신을 너무 낭비하지 말라.
그대 신 축제를 열라.
불공정한 길 안에
정의의 예를 제공하라.
왜냐하면 이 세계 끝은 무이니까.
네가 존재하지 않다고 가정하라.
그리고 자유롭다고.

오마르 카이얌__11세기 페르시아 시인. 수학자. 철학자. 천문학자. 그의 대표작 〈루바이야트〉수백편에 이르는 4행시들로 15세기경에 식어져 전세계 다양한 언어로 번역되었다.

안젤름 그륀의 선물

고통과 사랑의 선물

고통을 겪을 때 누군가의 사랑을 받는다면, 그 고통을 조금 다르게 느낄 수 있어요. 그럴 때 고통은 사랑을 깊이 경험하게 되지요. 이때 우리는 상대방에게 마음을 열게 됩니다. 또 타인에게 좋은 인상을 주고 싶어서 때때로 쓰곤 하는 가면도 벗게 되지요. 자신을 꾸미려는 마음 자체가 고통에 의해 사라지므로, 무방비 상태가 됩니다. 그런데 바로 그 열린 마음으로 무방비 상태일 때, 우리는 누군가의 사랑을 가슴깊이 느낄 수 있지요. 자신이 사랑받고 있다고 온전히 느껴요. 고통은 사랑을 받아들이게 마음을 새롭게 열어주므로, 그 사랑 속에서 고통을 다르게 느끼게 되지요. 별안간 고통은 쓴 맛을 잃고 사랑의 단맛을 지니게 됩니다. 사랑 때문에 고통이 단맛을 지닐 수 있듯이 우리는 사랑 때문에 종종 고통스럽기도 해요. 자신의 한계를 느낄 때나 상대방이 순수한 사랑에 대한 갈망을 채워주지 않을 때 고통을 느끼는 거지요. 그렇게 사랑에 대한 환상이 깨지면 우리는 더 이상 타인을 속이지 않고 자신의 부서지고 찢어진 마음을 상대방에게 솔직하게 드러내 보이지요. 자신을 꾸밀 때보다 서로에게 훨씬 더 가까워지는 거지요. 이런 과정 속에서 우리는 사랑으로 인한 고통 또한 사랑의 일부로 받아들일 수 있어요.
어떤 사람들은 자신이 기대한 것보다 상대방이 덜 사랑한다고 여기면 그 불만을 상대방에게 내 비치며 싸웁니다. 그의 사랑이 식었다고 여기고, 그가 나를 무시하며 존중않는다고 계속 비난하지요. 하지만 그럴수록 고통과 상처는 더욱 커질뿐예요 게르하르트 테르스테겐은 "사랑이 고통을 없애지는 못한다."라고 했지요. 우리의 바람과는 상관없이 우리는 언제나 사랑 때문에 괴로움을 겪게 됩니다. 그러나 사랑을 통해 고통은 달콤해지고 우리는 더 깊은 사랑을 느끼게 될 것입니다.

안셀름 그륀__(1945~) 수많은 영혼을 위로하는 독일태생의 신부. 지금은 독일 뮌스터슈바르작 수도원에 머물며 다채로운 영성 강좌를 이끌고 있다.

페터 한트케의 선물

나를 바꾸는 하느님의 선물

사랑하는 일에서
또한 사랑을 위해서는
두 사람만으로 충분하지 않다는 사실을
비로소 나는 깨달았네.
나에게는
언제나
제 삼자가 필요하네.
나로 하여금 차분하고
감사하는 마음을 갖게 하며
나의 부족한 점을 채워주는 바로 그이.
나의 사랑에 꼭 필요하고
사랑할 때 늘 의식하고자 하며
그때그때 내 안에 변화를 불러일으키는
그는
바로 '하느님'이란 인물의 존재일 것이네

페터 한트케__(1942~) 오스트리아의 작가, 번역가이다. 한국에는 관객모독이라는 작품으로 유명하다.

누구나 찾는 선물

칭찬의 선물

메리 헤스겔

타인에게서 가장 좋은 점을 찾아내
그에게 이야기해 주세요.
우리에게는 누구나 그것이 필요합니다.
우리는 타인의 칭찬 속에서 자라왔습니다.
그리고 그것이 우리를 더욱 겸손하게 만들었어요.
그 칭찬으로
그 사람은 칭찬받을 만해지려 애쓰는 것이지요.
칭찬이란 이해입니다.
우리는 모두 타고나길 위대하고 훌륭합니다.
타인을 아무리 칭찬해도 지나침은 없지요.
타인 속에 있는 위대함과 아름다움을
발견하는 눈을 길러보세요.
그리고 그걸 찾는 대로
그에게 이야기해줄 힘을 기르세요.

〈타인의 아름다움〉 중에서

메리 헤스겔__미국이 여학교 교장이었고, 레바논 출신의 저명한 신비주의자 칼릴 지브란과 은밀한 연인이었다.

부부

칼릴 지브란

우리 두 사람은 함께 태어났고
영원히 함께 할 거야.
죽음이 너희를 갈라놓을 때에도
너희는 함께 할 거야.
그래, 너희는 침묵하시는 하느님의 생각 속에서도
함께 할 거야.

하늘에서 부는 바람이
너희 사이에서 춤출 수 있게
어느 정도 거리를 둬.
서로 사랑하되
너희의 사랑이 속박이 되지 않게 하고
오히려 너의 영혼에 와닿는
출렁이는 파도가 되어야 해.

서로의 잔을 채워주더라도
같은 잔을 나눠 마시지는 마.
빵은 서로 나눠 먹더라도
같은 치즈를 나눠 먹지는 마.

거문고의 현들이 저마다 다른 소리를 내지만
같은 곡을 연주하는 것처럼
너희가 함께 노래하고 춤추며 즐거워하더라도
홀로 있는 시간 또한 각자 가져야 해.
상대방의 보호를 받지 못하더라도
그에게 너희의 마음을 주어야 해.

생명의 손만이
너희의 마음을 받아들일 수 있기 때문이야.
서로 협력해야 하지만 너무 가까이 있지는 마.
성전의 기둥들도 저마다 서 있고,
떡갈나무와 측백나무도 서로의 그늘 아래에서는
자라지 못하기 때문이다.

칼릴 지브란__철학자. 화가. 소설가. 시인으로 유럽과 미국에서 활동한 레바논의 대표작가.

세세히 꿈꾸는 선물

보다 자세하게 소망하기

도로테 죌레

너와 같은 리듬으로 산다는 건
익살스러운 사람을 보며 같이 웃고
일어나기 싫어도 잠자리에서 같이 일어나
일터에 나가고
배가 고프면 같이 요리하는 것을 말해

너와 다른 리듬으로 산다는 것
익살스러운 사람을 보며 같이 웃고
일어나기 싫어도 잠자리에서 같이 일어나
일터에 나가고
배가 고프면 같이 요리하는 것을 말해.
너와 다른 리듬으로 산다는 건
내가 책을 읽으려 할 때 사랑을 나누려 하고
네가 울 때 논쟁을 벌이며
네가 한 잔 할 때 마시지 않는 것을 말해.

너와 같은 바람뿐만 아니라
너와 다른 바람을 갖는 것도 배우고 싶어.
나 자신을 소중히 여기며

너를 위해 살고 싶어.

나는 네 것이지만 네 것이 아니기도 해
하지만 내가 내 것이었을 때보다
지금은 훨씬 더 네 것이라고 할 수 있어.
엄밀히 말해
그 점을 두고 우리는 하느님이 계시다고
말할 수 있을 거야.

도로테 죌레_(1929~2003) 독일 함부르크 출신의 개신교 조직신학자이며 문예비평가.

내가 찾던 선물

비밀스런 선물

다니엘 스틸

마법의 약물
아름다운 관념들을 가진 우리 모두는
늘 누군가와 함께 하기를
누군가에게 자랑하게 되기를 기다려요.

우리 각자는
반 조각이며 전체이기도 해요
지성이기도 하고
영혼이기도 하고
감성이기도 하지요.

그러나
더 훌륭한 것
더 풍부한 것
더 많은 것의 일부이기도 해요

그 문을 찾아
열쇠를 찾아
바로 당신

바로 나
우리는
날마다 성숙해 가지요.

항상 꿈꿔왔지만 결코 보지 못했고
항상 느껴왔지만 결코 존재하지 않았고
항상 생각했지만 결코 알지 못했어요
하지만 마침내
내가 늘 찾았던 그 선물이
바로 당신이었음을 깨달아요.

다니엘 스틸__(1947~) 미국의 소설가.

잠시 컴퓨터를 끄고 핸드폰을 놓으라

작자미상

산상수훈을 설파하기 위해
예수가 인터넷을 사용했는가.
복음을 전하기 위해
예수가 스팸 메일을 사용했는가

사도 바울은 성능 좋은 메모리와 업 버전을 사용했는가.
그의 편지들은 바울 @로마 컴. 컴이라는 이메일 명으로
성경게시판에 올려졌는가.
마케도니아에서 떠날 때 그는 문자 메시지로
'가도 되는가'를 묻고 출발했는가.

모세는 바다를 가르기 위해
전자 게임기의 조종간을 작동했는가
어디로 갈지 알기 위해
위성추적 장치의 도움을 받았는가.
그는 십계명을 손으로 썼는가.
아니면 영구히 보관되도록 CD에 기록했는가.

예수는 어느 날 나무 위에서
정말 우리를 위해 죽었는가. 그것은 단지 홀로그램인가.
컴퓨터 합성인가.
그것은 무선 인터넷을 통해
동영상으로 다운로드 받을 수 있는가.

당신의 삶에서 신의 목소리를 듣기 어렵다면,
다른 목소리들이 너무 많이 들려
신의 목소리가 당신 귀에 가닿지 않는다면,
당신의 노트북 컴퓨터와 인터넷과
다른 모든 멋진 기계들을 내려 놓으라.
순수함으로 돌아가라.
그러면 신이 당신 곁에 있으리라.

베풂의 선물

그것은 곧 내게 베푼 것

J. 갈로

그대가
도움을 청하는 이에게 손을 내밀고
괴로움과 고통으로 마음 아파할 때
위로가 되어주며
가난으로 힘들 때 힘이 되어주며
나그네를 맞이 하고
병자를 정성껏 돌보며
소외된 사람,
버림받은 이를 찾아가 친구가 되어준다면
그것은
곧 나에게 해준 것이다.
그대 곁을 스쳐가는 사람들 모두에게
조그만, 아주 조그만 친절을 베푼다면
그것은 곧 나에게 베푼 것이며
그대는 그들 안에서
나의 얼굴을 본 것입니다.

선물 우체통 사과초상 사진전

에디터 A씨 장주원

윤석정 조한울

임승훈 김중일

전현주 노영숙

김영석　　박소란

황학주　　이해인 수녀

황병구 김현희 김성규 손택수

박미경　　신현주　　김미화

전가경 이희수

유병록 신동환

이승하 기혁

이위발 권태현

정명섭　　　오영일

정재완

정형탁　　최선영

정명식　　한덕택

도연 스님　우영창

윤후명

 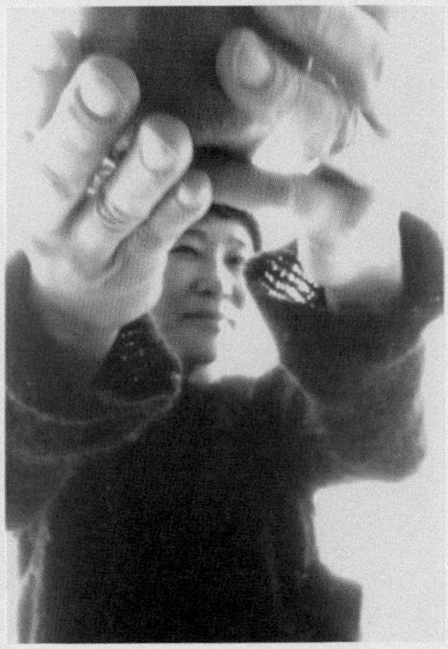

사진 허은정

황인숙 신현림

에필로그

마음속에 고이 간직하고픈 건 순수하고 아름다운 기억뿐이다. 같이 함께하는 시간을 많이 갖고 이쁜 추억 많이 쌓아두자. 착한 말, 착한 미소, 착한 꽃 한 송이라도 준 사람은 잊지 못한다. 아낌없이 주자. 먼저 사랑하는 사람이 되고 싶다. 내 시 〈한솥밥 궁전으로 당신을 초대한다〉를 읊으며 오늘 가장 슬프고 외로운 사람들을 데려다 따스한 밥을 선물해 주고 싶다.

한솥밥 궁전으로 당신을 초대한다

불을 지피고 밥을 지어라
문이란 문 모조리 열어놓고 살맛나는 밥을 끓여라
가난하고 병든 이들, 노인네들
흩어진 식구 일터의 지친 노예란 노예 모두 불러
대기근에 허덕이는 아프리카인도 불러
지위계급 막론하고 〈아아 뭐든 먹고 싶다〉는 자를 위해

허기증을 잊게 하라 우리가 살아있음을 축하하면서
〈함께 밥을 먹는 동안은 외롭지 않았어〉
〈이제 뭐든 사랑할 수 있을 것 같아〉
이 서럽고 어여쁜 탄성, 꽃가루로 흩날리게
자주 잊는 수치와 감사를 느끼게
해가 뜨는 곳으로 당신을 초대한다

한 덩이 밥은 어두웠다가도 사람이 몰려오면 환해진다
죽은 조상도 불러 학의 날개처럼 웃게 하고
연인들에겐 약속으로 뭉친 밥의 사랑을 베푼다
밥그릇을 나르는 손과 손에서 희망의 혁명을 느끼리라
이제 곧 달의 술이 흐르게 하고

나는 한솥밥 궁전으로 당신을 초대한다

신현림 시집 〈지루한 세상에 불타는 구두를 던져라〉

...

선물 우체통

초판 1쇄 인쇄 2015년 12월 21일
초판 1쇄 발행 2015년 12월 30일

지은이 이해인·윤후명 외
엮은이 신현림
펴낸이 홍행숙
펴낸곳 문학의문학 / 사과꽃
기획편집 신현림
마케팅 오중환
디자인 강지우

등록번호 105-91-90635(2014.2.11)
주소 서울시 마포구 신수로 52 전국재해구호협회 406호
전화 02-722-3588
팩스 02-722-3587

ISBN 979-11-952739-8-0 (03810)